우리들의 다섯 번째 계절

———

따뜻한 밥과 포근한 잠자리가 기다리는
집이 있다는 것, 그것만으로도 충분히
행복한 우리들의 계절

우리들의 다섯 번째 계절

김영욱

에세이

기린과숲

작가의 말

지난 삼 년간의 코로나 시대를 지나면서, 오늘의 안부를 묻는 일이 사소한 일상의 예의를 차리는 것이 아님을 알게 되었다. 그만큼 연로한 어르신들의 부음 소식이 자주 들려왔고, 그만큼 삶과 죽음을 생각할 시간도 길어졌다. 그 끝이 보이지 않을 것 같던 팬데믹의 맹위도 어느덧 사그라들고 보니, 사회는 전망 흐린 미래에 대비한 '각자도생'이 당연하단 듯 권했다. 바야흐로 '핵개인'의 시대가 우리의 삶에 도래했다는 징표들을, 조금의 관심을 기울인다면 여기저기에서 무시로 찾아볼 수 있는 쓸쓸한 시절이다.

게다가 세계 도처에서 지속되고 있는 산불, 북극해의 해빙, 그리고 수온 상승에 따른 해일과 쓰나미의 참사 또한 여러 매체를 통해 하루가 멀지 않게 접하면서, 이 지구 배에 동승한 우리 모두는 너나없이 '기후 위기'를 오감으로 체감할 수 있게 되었다. 예전 같으면 SF 재난 영화에서나

다뤄지던 아포칼립스의 디스토피아가 더 이상 스펙터클한 서사로만 소비될 수 없는 인류세의 마지막 계절에 우리 모두는 당도해 있는 셈이다.

이처럼 멸종의 임계점을 향해 점점 빠르게 치닫고 있는 우리 인류가 이 땅의 마지막 아이를 지키기 위해 머잖아 그 아이를 잉태한 여인을 보호해야 할 날을 맞이하게 되는지도 모른다는 예언 역시, 더 이상 발칙한 저주로 치부되지도 않는다. 창조주의 형상을 닮은 사람, 그의 가장 큰 죄는 탐욕이란 명징한 증거로서 인간이 만든 AI가 인간의 고유한 영역이라고 믿어왔던 창작에까지 손을 대고 있으니 말이다.

이쯤 되니, 고난이란 차례차례 내정된 순서대로 오는 것이 아니라, 한꺼번에 닥치는 것이 아닐까 하는 의혹이 든다. 그렇다고 그 의혹의 무게에 짓눌린 채 그냥 제자리에 주저앉아버린다면, 어느 날 문득 뻐꾸기는 시계 속에서나 울고, 사자가 허물어진 도시의 입구를 지키고 있는 종말의 모습을 목도하게 될 것만 같았다. 그런 두려운 마음이 게으른 나를 움직이게 했고, 그런 갈급한 마음으로 자연을 찾아나섰다. 덕분에, 여기에 있는 짧은 글들을 모두 길 위에서 쓰게 되었다. 돌이켜 보니, 지난 삼 년은 반백 년을 살아온 내 자신을 길 위에서 돌아본 여정이었고, 그 과정에서 우연이든 필연이든 내 눈으로 목격한 작은 생명들의 흐느낌을 받아 적는 필사가의 임무에 충실한 시간이었다.

또한 어쩌면 이 한 권의 책이, 지금의 나란 사람을 만들었던 정서의 밑바닥에서 갈등하고 있는 아버지로 대표되는 '가부장제'에 대한 내 나름의 고발장들로 채워진 게 아닐까 하는 생각에서 역시나 자유롭지 않다. 글을 쓰면서 내 가족의 치부를 드러낼 수밖에 없던 순간들을 자주 맞이했다. 하지만 그 결과까지 스스로 책임져야 한다는 판단과 함께 결국엔 글로써 트라우마를 돌파하겠다는 용기로 직면할 수밖에 없었음을 이쯤에서는 고백하고 싶다. 여러 차례에 걸친 내 짧은 여행의 시발점에는 언제든 터져버릴 것 같은 위태로운 갈등 상황이 있었는데, 그것들은 대체로 아버지와의 껄끄러운 대척점에서 서로의 상처를 덜 건드릴 수 있는 타협점을 조율하지 못했던 내 인간관계 기술의 부족 탓이었음을 인정할 수밖에 없다.

그러나 한편으로는 미움의 반대말이 관심이란 것을 온몸으로 깨닫게 되었는데, 이는 갑작스럽게 현현한 아버지의 섬망 증세와 그에 대한 젊은 의사의 충격적인 진단 덕이 크다. 매우 역설적이지만, 세대 간의 갈등 속에서 시끄럽기만 하던 우리의 불협화음도 함께 맞닥뜨린 시련 앞에서 결국 돌봄의 과정을 통해 자연스레 '천이(遷移)'를 이뤄내게 되었다. 물론 자주 들른 제주도 곶자왈을 느리게 산책하며 얻은, 우리네 삶도 연약한 식물들의 공생 관계와 다를 바 없다는 깨달음이 없었다면, 이 책에 실린 내 글들은 스스로의 상처를 치유하는 힘조차 지니지 못했을 것이다.

건전한 소통은 우리 인간뿐 아니라 모든 생명체들이 저마다의 리듬을 유지할 때 가능하다고 생각한다. 지구의 허파인 바다의 오장육부가 막힘없이 튼튼해야 산소 공급이 원활해지고 지구의 맥박도 고르게 뛸 것이다. 하지만 안타깝게도 여기에 소개된 작은 생명체들은 환경오염 속에서 멸종 위기를 맞이했고, 우리 모두의 특별한 돌봄 없이는 다음 세대로의 배턴 교체 가능성 역시 희박하다.

우리를 포함한 모든 생명체들의 삶의 터전인 지구가 처한 현 상황을 알면 알수록 마음이 다급해진다. 기계문명이 선택했던 발전의 길은 오히려 우리 모두를 낭떠러지 끝으로 내몰았다. 문명에게 제 가슴을 열어 젖을 물려주었던 가이아의 복수가 예사롭지 않다. 그런 와중에 우리는 소통과 돌봄의 미덕을 일상에서 실천하기보다는 각자도생의 방법을 찾는 데 혈안이 되어 있다. 거대 자본주의 시스템의 횡

포 앞에서 쪼그라든 개인으로서 하루하루를 버티고 있다. 다른 대안은 없을까? 의심하지 않으면, 나는 곧 AI의 지배를 받게 되는지도 모른다. 아니, 우리 모두가 모조리 추억을 잃어버리고 전자감응 장치에 따라 사전에 프로그램화된 대로 반응하게 될 것이다.

흩어져 있던 원고들을 한 권으로 추리고 모으면서, 지금껏 단 한 번도 경험해보지 못한 인류세 이후의 시대를 '우리들의 다섯 번째 계절'이라고 명명해봤다. 그도 그럴 것이, 개중에는 이미 소멸의 단계로 접어든 아날로그적 일상의 모습과 어쩌면 벌써 잊힌 우리 주변의 작은 생명들을 다룬 글들이 주가 되기 때문이다. 그래서일까? 지난 기록들을 한 권의 책으로 묶어 내게 된 내 마음은 좀처럼 가벼워지지 않는다. 추억의 앨범 속에서 흑백 사진을 꺼내 자세히 들여다보는 요즘 사람들이 거의 없듯이, 가벼운 읽을거리에 쏠린 뭇사람들의 마음을 끌어당길 만한 새롭고 재미난 글들이 아님을 잘 알고 있다.

그럼에도 불구하고 이 글들이 지향하고 있는 바를 물심양면으로 지지해준 분들이 있었기에 책이 되어 세상 밖으로 나올 수 있게 되었다. 이 자리를 빌려, 경기문화재단과 평사리 토지문학대전 운영위원회를 비롯하여 경북일보, 대구일보, 그리고 시와산문사 등에 감사의 마음을 전하고 싶다. 애초 어떤 대가를 바라고 시작한 글쓰기는 아니었지만, 지친 내 어깨를 토닥여주신 이분들의 격려는 가난한 작가인 내게 큰 힘이 되었다.

지난 삼 년간, 내 힘이 닿는 대로 루시의 발자국을 따라가봤다. 그리고 그 발자국이 끝나는 곳에서 목격한 것이 무엇인지를 이 책에 풀어놓았다. 아직 돌아갈 곳이 있는 우리의 미래를 위해 이 수필집을 바친다. 아직은 따뜻한 밥과 포근한 잠자리가 기다리는 집이 있다는 것, 그것만으로도 충분히 행복한 우리들의 계절이다.

2023년 12월 20일
생일을 맞이하며, 김영욱

차례

1부 나비는 어느 결엔가 꿈속으로

2부 숨과 숨 사이에

1부

나비는 어느 결엔가 꿈속으로

붉은점모시나비

햇빛이 쨍쨍한 여름 오후, 빨랫줄에 매단 할머니의 모시 치마가 항아리처럼 봉긋하다. 살이 비칠 듯 비치지 않는 모시 속곳 차림으로 툇마루에 나와 앉아 꾸벅꾸벅 졸고 있는 할머니는 흰 나비를 쫓는 백일몽이라도 꾸고 있는 것일까? 모시에 빳빳이 매긴 풀 탓인지 움직일 때마다 나비 한 마리가 날개를 뒤척이는 소리가 들리는 것만 같다.

윤달의 유월, 지루한 장마 끝에 햇살이 홧홧한 날을 골라 수의를 거풍하는 어느 날이다. 할머니는 올봄엔 흰 나비부터 보았으니 머잖아 저승사자가 당신을 데리러 올 거라며 구름 한 점 없는 하늘을 오전 내 번질나게 올려다보았다. 점심 무렵엔 먼지구름도 일어나지 말라며 바가지에 담은 물을 손끝에 축여 마당 여기저기에 뿌리더니, 보도시* 잠결에 눈을 뜨시고는 "나비 혼인갑다"며 잠꼬대까지 하신다. 자신도 살아보겠다며 잔뜩 달궈진 흙바닥 틈을 비집고

15

나와 몸부림치는 아지랑이일 뿐인데도, 백내장이 심한 할머니의 눈엔 그마저도 나비의 혼령으로 보였을까? 담벼락 그늘까지 꼬리를 감춘 오후 세 시의 여름은 백색소음이 고요하고 위태롭다.

느닷없이, 몇 해 전에 갔던 돌로미티 국립공원의 만년설이 녹아 쏟아져 내려 관광객들이 대피하는 소동이 났다는 뉴스 기사가 떠올랐다. 눈을 감아도 엄청난 속도로 흘러내리는 거대한 눈덩어리들이 산비탈에서 부딪혀 깨지는 장면이 생생하고, 귓가에는 눈보라의 흐느낌마저 또렷하게 들려오는 것만 같다. 아무래도 기시감이 느껴진다. 오래전 영국 시인 T.S. 엘리엇은 "세상은 이렇게 끝나는구나, 쿵 소리 한 번 없이 흐느낌으로"라는 구절을 마지막 연에 적으며, 자신의 시에 「텅 빈 사람들」이란 제목을 붙였다. 멸종이라니? 상상만으로도 등골이 오싹해지건만, 온도계의 수은주는 섭씨 37℃에 멈춰 내려올 기미를 보이지 않는다. 지금 이대로라면 지구의 멸종까지는 5℃의 기온 상승 여분만이 남아 있을 뿐인데…….

가뜩이나 더위에 맥을 못 쓰는 나는 날숨마저 순식간에 태워버릴 날씨를 탓하며 벌써 몇 잔째 아이스커피만 벌컥벌컥 들이마시고 있다. 할머니는 어느새 툇마루에 벌러덩

누워 두 팔까지 활짝 펼치고는 나비잠을 주무시고 계신다. 그런 할머니의 모시 저고리 아래로 드러난 저승꽃 핀 맨살을 보고 있자니, 태생적으로 더위를 못 견뎌 여름잠을 잔다는 붉은점모시나비가 떠올랐다. 그런데 알고 보니, 무려 반년이나 되는 여름잠을 자고서도 서리가 내린 뒤에야 깨어나는 이 나비는 지구온난화로 개체 수가 현저히 줄어 현재 멸종 위기 야생생물 1급으로 지정된 우리나라 토종이란다.

호랑나비처럼 몇 개의 검은 점들이 가짜 눈처럼 박혀 있는 날개 앞쪽과 달리, 한 쌍의 붉은 점을 뒤쪽에 숨겨놓았어도 세모시처럼 얇고 투명한 날개 탓에 빤히 보이기에 모시나비아과로 분류되었단다. 여하튼 붉은점모시나비는 여름이 시작되는 유월 중순께 반짝 나타나 알을 낳고는 보름만에 죽어버리는 성마른 족속이기도 하다. 게다가 식성까지 어찌나 까다로운지 높은 산에서만 난다는 기린초만을 먹고 산다니, 한평생 모시를 짜던 고모할머니의 빼어난 솜씨만큼이나 까칠했던 성품이 자연스레 연상된다.

의성 김 씨에게 시집온 내 할머니의 막내 시누인 고모할머니는 햇빛에 잘 말린 태모시*를 실처럼 가늘게 쪼개 버팀목에 뭉치로 걸어놓고 한 올 한 올 비비며 빼어내 모시굿으로 만드는 데 타고난 장인이었다. 바디에 걸린 실을 팽팽

하게 당기며 콩풀까지 먹여가며 나비 날개처럼 고운 모시 천으로 엮어가던 솜씨가 아름아름 알려져 주문이 밀려들었지만, 정작 당신은 아무리 바빠도 남의 손을 빌리지 않았다고 한다. 늘 찬물에 만 밥을 후르르 드시면서도 모시 짜기 할 때는 습도가 중요하다며 봄에 들어간 토굴 같은 움집에서 초가을이 될 때까지 옴짝달싹 안 했다고 하는데, 그래서일까? 내가 기억하는 고모할머니는 당신이 손으로 직접 마련해놓은 모시 수위를 입고 병풍 뒤에 누워 계신 모습으로만 남아 있다.

담벼락의 그늘 위로 치마저고리의 그림자가 포개지기 시작하자, 할머니가 살비듬을 털어내며 자리에서 일어나신다. 열여덟에 시집와서 남의 집 제삿밥이나 챙겨주며 늙어져 당신의 나이는 어느덧 여든하나가 되었지만, 아들딸 하나씩만 곁에 남고 명 짧은 집안 사람들은 모두 저세상 귀신이 되어버렸다. 낮잠에서 막 깨어난 할머니의 비위를 건드리기 싫어 입 밖으로는 꺼내지 않았지만, 솔직히 말해, 대가 끊길 듯 말 듯한 우리 집안 가계도 멸종 위기를 맞이한 것이나 다름없다.

시나브로 바지랑대에 매달린 저고리 나비고름이 팔랑거리는 걸 보니, 꽁무니바람이라도 불어 조금이나마 더위를 식혀줄 것 같다. 그래 봐야 한 걸음 한 걸음 움직일 때마다 이마에 송골송골 맺힌 땀방울이 목덜미 아래로 또르르 흘러내리게 될 게 뻔하지만, 반나절을 나무 그늘에 피해 있던 매미들까지 나머지 땡볕을 찢어댈 기세로 울어대주니, 거풍 마친 할머니의 모시옷들을 걷어 들이러 갈 엄두가 겨우 난다.

모시는 한여름의 날개옷이다. 제아무리 둥실하게 부푼 치마라도 바람처럼 가볍다. 하지만 온종일 해바라기를 한 옷감이라 어쩔 수 없이 팔에 감기는 촉감일랑 갓 구운 해바라기 씨앗마냥 홧홧하다. 할머니는 벌써부터 광목천과 다듬이 방망이를 꺼내놓고 기다리고 계신다. 이제부터 바삭한 질감이 살아날 때까지 제대로 두드려줄 요량이신데, 다림질로 쓱싹 주름부터 펴자고 해도 내 말은 들은 척도 안 하신다. 그저 모시 두루마리, 모시 치마, 모시 적삼, 모시 바지와 속곳을 차곡차곡 접어 광목으로 감싸고는 한 발로 지르밟아주는 것까지만 내게 허락된 오늘의 일감이다. 혹여 내게 방망이질을 맡겼다가는 살얼음처럼 얇은 모시 올이 다 찢어질까 싶은지, 노인의 지레짐작은 나를 경계하는 태세로 바뀌었다.

어쩐 일인지, 오늘따라 노을이 붉다. 할머니 손에서 다시 예리한 각이 잡혀 반닫이 장 속으로 밀어 넣어지기 전에 마지막으로 쫙 펼쳐진 모시 치마의 촘촘한 올 사이로 앞산 실루엣이 고스란히 비친다. "음음, 할머니, 이렇게 얇은 옷 입고 가시려면 겨울엔 안 되겠네." 나는 목청을 가다듬고, 할머니가 덮어준 까슬까슬한 모시 이불을 일부러 걷어차는 척하며 말했다. "니네 할애비 선산 있는 곳까지 가려면, 날아서 가야재. 의성에 붉은점모시나비만 있는 줄 아나. 내도 니 고모할미가 해준 이 옷 입으면 나비가 되는 거재." 바로 그 순간, 내 목구멍 속에도 나비 고치가 있었던 것인 양 숨이 막혀왔다.

이리 뒤척이고 저리 뒤척인들 잠이 오지 않는 밤이다. 에어컨은커녕 선풍기도 틀지 못하게 하는 할머니의 방은 덩치가 큰 내게는 너무 좁고 답답하다. 마침내 할머니의 코고는 소리를 확인한 뒤, 모시이불을 챙겨 들고서 툇마루로 나왔지만, 유난스레 크고 환한 보름달빛조차 후끈하게 느껴진다. 오늘 밤도 섭씨 32℃, 며칠째 계속되는 열대야다. 모기에게 여기저기 뜯기다가 모시이불을 머리끝까지 뒤집어쓰고 앉았지만, 앵앵거리는 소리는 사라지지 않는다. 마치 지구의 멸종을 경고하는 사이렌 소리인 양, 섬뜩하다. (2021)

보도시: '겨우'의 방언.

태모시: 모시를 짜기 위해 속껍질만 남긴 모시풀.

나비뼈

몸이 점점 가벼워진다. 물 위로 둥둥 떠오른다. 이내 햇살을 정면으로 쏘아볼 수 없어 두 눈을 감는다. 눈두덩 위로 하얀 날갯짓이 어른거린다. 다리를 휘저어 몸을 뒤집는다. 첨벙 소리가 팽팽한 수평선의 긴장을 흩트리고, 나는 투명한 물의 막에서 막 깨어난 나비가 되어 물살을 가른다. 척추를 활처럼 휘게 하고 어깨를 수면 위로 들어 올리면서 재빨리 물을 밀어주면 정말이지 나비가 된 것 같다. 눈의 각막을 한 겹 더 감싸주는 물비늘 때문인지, 모든 게 두 겹으로 보이기 시작할 즈음이면 수면과 하늘이 맞닿은 수평선 저 너머에서 천국의 문 또한 열릴 것만 같다.

소독약 냄새가 난다. 물 밖으로 고개를 내밀면 세상이 혼수상태에 빠져 있는 듯, 어질어질 몽롱하다. 햇살은 여전히 이글거리고 손가락은 쪼글쪼글하다. 팔뚝에서는 허물이 벗겨진다. 온몸을 옹송그린다. 무더운 여름, 매일같이 물의 막 안쪽으로 몸을 담그면, 열흘쯤 뒤엔 영락없이 살갗의 꺼풀이 벗겨졌다. 어릴 적 나는 나비가 되려고 여름 나날을 하루도 거르지 않고 물속에서 고치를 말고 잠수를 즐겼다. 숨이 막힐 즈음이면, 두 팔을 내저으며 어설프게나마 접영을 시도했다. 그렇게 한 꺼풀 한 꺼풀 여름의 허물을 벗으면서 번데기의 시절을 벗어났다.

다시 뜨거운 여름, 녹아내린 아스팔트 위에서 흰 가운들이 왔다 갔다 한다. 푹푹 찌는 찜통더위 속에서도 하얀 방호복을 입은 의료진들이 음압캐리어를 병동으로 옮기고 있다. 온몸이 땀범벅이다. 잠시 뒤, 몇몇이 응달을 찾아 바닥에 털썩 주저앉더니 라텍스 장갑을 벗는다. 벌써 몇 번이나 벗겨졌을 손바닥은 축축하게 젖은 허물투성이다. 세 번씩이나 역병에 점령당한 여름, 나는 세상 끄트머리에 있는 노인요양병원으로 주말마다 실습을 나가기 시작했다. 간호조무사 자격증을 따기 위해 반드시 거쳐야 할 코스였지만, 아침 9시에 들어오면 저녁 9시가 될 때까지는 밖으로 나갈 수 없다. 하지만 갑갑하다고 투덜거릴 수는 없는 노릇이다. 이곳엔 예닐곱 개의 철제침대가 들어찬 병실 안에서 옴짝달싹할 수 없는 사람들도 있으니까. 그들이야말로 자신들의 의지와는 상관없이 지구 끝의 온실에 갇힌 식물처럼 나날이 시들시들해지고 있었으니까.

잠금증후군(Locked-in Syndrome). 내가 이 용어를 처음 접한 때는 기초간호학개론에서 제대로 배우기 전보다 훨씬 오래전이다. 의식은 있으나 몸의 마비로 인해 외부 자극에 제대로 반응하지 못하는 상태를 일컫는 이 병적 증후를 보이는 환자는 여생을 자신의 몸 안에 갇힌 채 지낼 수밖에 없다. 세계적인 명성을 지닌 잡지사의 편집장이었던 장 도미니크 보비 역시 그랬다. 정상의 나날에서 하루아침에 나락으로 추락한 보비는 뇌일혈로 온몸이 마비되어 왼쪽 눈꺼풀만 간신히 움직일 수 있게 되었다. 하지만 병상에 누워서도 왼쪽 눈꺼풀로 간병인과 소통하는 방법을 터득한 뒤, 혼신의 힘을 다해 자신의 체험을『잠수종과 나비』라는 소설로 펴냈다.

심해 다이버들이 사용하는 잠수종 속에서는 심한 압력 때문에 몸의 움직임이 제한적일 수밖에 없다고 한다. 요양병원의 중환자실에도 산소마스크 없이는 스스로 호흡을 지속할 수 없는 어르신들이 많이 있었다. 아침과 오후, 정해진 시간마다 병동을 돌며 체온과 혈압, 그리고 혈중 산소포화도를 측정하는 일은 실습생들의 임무였다. 육체는 있어도 나비처럼 떠돌아다니는 영혼만이 살아 있는 것 같던 그분들의 검지에 자그마한 산소포화도 측정기를 꽂으려면, 허물을 벗고 있는 손가락을 만져야 했다. 특히나 꽉 움켜쥔 손아귀를 억지로 펴야 할 때면, 진액 같은 농이 만져져 찜찜했지만, 그 순간에도 눈빛으로나마 뭔가를 말하려고 애쓰는 듯한 느낌을 감지할 수 있었다.

기초해부학 시간에 배운 지식에 따르면, 우리 머릿속에는 나비뼈가 있고, 그 중앙에는 시각신경과 시각교자가 위치하는 '시신경교차구'가 있다. 접형골로도 불리는 나비뼈는 날개를 펼친 나비 모양인데, 큰 날개와 작은 날개 사이로 위눈확틈새가 있어 빛을 감지한다. 하지만 나비의 날갯짓은 아주 미세하기 때문에, 머릿속에서 팔랑팔랑 날아다니는 나비의 움직임을 알아채려면 고도의 집중력이 필요하단다. 가만히 어르신의 눈을 들여다본다. 멍한 눈빛이지만 어느 순간 윤기가 돌며 생기까지 느껴진다. 이제 그만 날고 싶으니, 창문을 활짝 열어 달라는 부탁을 하는 걸까? 하지만 역병이 돌고 있는 수상쩍은 시절이 아니더라도 내 입장에서는 부탁을 단칼에 거절할 수밖에 없다.

오후 한 시, 병동 측면 쪽 바깥 유리문과 안쪽 유리문 사이에 비닐막을 내리치고 미리 예약된 면회객을 받는다. 그때가 되면, 단 10분의 면회를 위해 얼굴에는 마스크를 쓰고 머리부터 발끝까지 하얀 비닐가운으로 감싼 면회객들이 비닐막 앞으로 몰려든다. 반대쪽에는 내가 모시고 간 어르신이 침상 위에 누워 계신다. 묘하다. 이중 막 안쪽의 세상은 차갑고 고요한데, 건너편 세상은 떠들썩하고 한바탕 후끈하다. 눈물까지 말라버린 어르신은 아무 말씀도 없으신데, 모처럼 찾아온 피붙이들은 앞다퉈 한마디씩을 던지며 눈물범벅이 된다. 어디가 피안이고 어디가 세속인지, 비닐막과 유리문 사이에 낀 내 입장에서는 역병이 도는 저쪽 세계보다 소독약 냄새가 떠도는 이쪽 세상이 평화롭게 느껴지기만 하는데, 참으로 기묘하다.

그렇게 한 차례의 소란이 지나가면, 주말 오후의 가녀린 빛과 그늘로 씨실과 날실을 짠 고치 속에서 영혼의 풍장을 기다리는 정물의 시간이 지루하게 남는다. 눈으로만 말하는 데 익숙해진 나비들도 퇴화된 날개 대신 돋아난 더듬이마저 짓물렀는지 한 차례의 미동도 없다. 어째서 나비의 심장은 이토록 고요하게 뛰고 있는지, 가끔은 섬뜩한 기분이 되어 등골까지 오싹해진다. 이따금 가느스름히 눈을 뜨지 않았다면, 하마터면 서천꽃밭으로 날아가버렸다고 믿을 뻔한 적이 한두 번이 아니었다.

하지만 하얀 시트를 들춰내면, 실상은 달랐다. 서쪽 창문을 장밋빛으로 물들이는 석양은 실내에서도 석양증후군을 일으켰다. 어둠으로 사위는 해의 추락이 끝 모를 심연의 공포감을 환기시키는지, 병동 이곳저곳에서 철제침상을 덜거덕거리며 빠져나오려는 어르신들의 긴박한 몸짓이 내 눈에도 띄었다. 마음이 아팠다. 걸핏하면 낙상 사고로 이어지는 참사를 막을 목적으로 마지못해 손목과 발목을 끈으로 묶어 침상에 결박해둔다고는 하지만, 보호자의 사전 동의를 얻지 않은 일체의 신체 구속 행위는 내가 아는 한 불법이었다.

그러나 내가 분노하여 흥분을 한들 다들 묵인하는 분위기인데, 실습생이 나설 일이 아니라는 게 함께 실습을 나온 동료들의 의견이었다. 하얀 알약 하나 곱게 빻아 미음에 타 드리면 삽시간에 잠으로 빠져드는 이쪽 세상에서 나비는 어느 결엔가 꿈속으로 날아들 것이라며, 그들은 씩씩거리고 있는 나를 가볍게 위로하는 척했다. 그럴 때마다 내 얼굴은 홧홧하게 달아올랐다. 겉보기엔 멀쩡한 사람들도 기실은 혼수상태에 빠진 몽유병자처럼 돌아다니는 이곳이야말로 연옥이었다. 유리창에 뺨을 대고 잠시 바깥세상을 내다보았다. 흰 방호복을 입은 의료진들이 두 팔을 늘어뜨린 채 좀비처럼 걸어 다니는 무더위 속, 문득 저들이야말로 후덥지근한 고치 속에 갇힌 채 제대로 탈피도 못하는 나비라는 생각이 들었다. 한없이 미안해졌다.

　모든 게 두 겹으로 보이기 시작할 즈음이면 이 세상에서의 나비의 한살이도 끝이 날까? 중환자실 한구석 창가 침상 쪽에서 심장박동이 멈췄다는 신호음이 들려온다. 유리창에 비친 바이털사인 곡선의 기울기가 사라지고 수평선이 이어진다. 제 심장에 꽂힌 핀을 뽑을 수 없어 제 허물만 꿈 밖에 남겨둔 나비는, 이제 곧 저 창 너머 어딘가에 있을 사랑하는 이들의 머리 위로 포르르 날아가 우화의 비밀을 털어놓을 것이다.

　얼마나 지났을까? 창밖은 깜깜하지만 유리창에 들러붙어 있는 눈들이 보인다. 그 눈을 마저 감겨주려고 라텍스 장갑을 벗고 안과 밖을 가르는 얇은 창을 만져본다. 지문이 날개 무늬처럼 둥글게 찍히는데, 그마저 유리창처럼 투명하게 비치는 날개를 지닌 유리창나비가 다녀간 흔적만 같다. 그래, 비워진 침상에서 흰 시트를 걷어 털어낼 때 알아챘다. 하얀 분가루가 분분분 떨어질 때 나비뼈마저 남기고 싶지 않은 당신의 마음을. 그래, 이곳에서의 하루는 유난히 길다. 점점 희미해져가는 그림자의 무게감조차 시나브로 가벼워진다. 두 손을 모으고 입김을 '후' 불어보지만, 유리창으로 스며든 날개는 기어이 사라지고 없어진 뒤다. (2021)

플라타너스를 위한 변명

이맘때는 방의 쪽창만 열어도 눈이 부시다. 창밖 새빨간 단풍은 스무 살 여인의 길쭉한 손가락 끝에 발린 매니큐어 같고 샛노란 은행잎은 그 여인이 신은 둥근 코의 에나멜 구두 같다. 어디 그뿐이랴? 새파란 하늘까지 그 여인이 잘록한 허리에 두른 청치맛자락 같으니 이쯤 되면 창 너머 세상은 원색의 희롱으로 가득하다.

누군가 내게 자신은 가을을 코로 먼저 느낀다고 했다. 이른 아침 소나무에서 뿜어져 나오는 테르펜의 휘발성 톱 노트(top note)로 가을의 다가섬을 느끼고 서리 맞은 낙엽의 싸늘한 베이스 노트(base note)에서 가을의 저묾을 느낀다고 했다. 하지만 만성비염에 시달려온 내 경우는 코보다 눈이 먼저 채도를 높여가는 가을 나무들을 알아본다. 무덥던 여름내 가로수들이 부지런히 비질해온 하늘길이 뻥 뚫릴 때도 이즈음이다. 풍성한 나뭇잎 사이에 그늘을 짓고 낮

잠 자던 새들마저 새로 놓인 하이웨이를 달려보겠다며 앞다퉈 날아오르는 것도 이즈음이다. 유난스레 땀이 많은 나 또한 덩달아 자전거 체인에 기름을 두르고 페달을 밟기 시작하는 것도 이즈음이다 보니, 모처럼 성수기를 만난 화랑로도 플라타너스 융단을 꺼내는 등 손님맞이 채비로 분주하다.

화랑로는 사시사철 이열종대로 쭉 늘어선 훤칠한 가로수들의 호위를 받고 있는 대로이다. 이 길은 오십 년 넘는 세월 동안 조선의 세 왕을 수렴청정했던 여걸 문정왕후가 묻힌 태릉과 그 맞은편에서 또 그만큼의 세월 동안 생도들을 키워온 육군사관학교 사이를 관통하고 있다. 그래서인지 자전거에 몸을 싣고서 서울의 동북쪽 경계에서 경기도 별내로 행차하는 1,200여 그루의 아름드리나무들을 따라가노라면, 문득문득 하늘을 향해 가지를 뻗은 가로수들이 창을 든 호위무사처럼 느껴지곤 한다. 어느새 새들에게도 직진의 방향을 터준 가로수길이 활주로 같단 생각도 든다.

핸들을 붙잡고 있던 두 손을 내리고 팔을 양쪽으로 쫙 펼쳐본다. 속도를 내려면 자전거 바퀴를 굴려야 하지만, 두 다리마저 들어 올린다. 그러자 거대한 플라타너스 잎이라도 된 듯이 소매와 바짓가랑이가 펄럭거린다.

'플라타너스'라고 나직이 발음해본다. 어느 먼 행성의 이름처럼 낯설게 느껴지는 게 마냥 신기하다. 그도 그럴 것이 나는 바람에 흩날리는 꽃가루에 코를 훌쩍이던 내 인생의 봄날과 교복 목덜미로 떨어진 징그러운 송충이에 악을 쓰던 여름날과 제 무게조차 견디지 못하고 떨어진 잎새에 어깨부터 움츠러들던 가을날을 몽땅 이 변두리 동네에서 보냈다.

 버짐 핀 두 볼이 내 유년의 얼굴이면서도 나무껍질에 허연 무늬가 있는 플라타너스의 다른 이름이 버즘나무란 것은 까맣게 몰랐다. 인도 가득히 꿈틀거리는 송충이를 피해 찻길로 뛰어다닌 계절엔 시내로 나가는 45번 버스를 놓칠세라 종종거리며 걱정했지만, 눈 온 날엔 휑한 나무를 올려다보며 가지마다 매달린 방울로 크리스마스트리를 장식하면 좋겠다며 걱정 따위는 새하얗게 지웠다. 그 시절엔 아토피도 미세먼지도 쌈짓돈도 없었지만, 내 꿈은 안테나를 뽑듯이 쑥쑥 자라나는 플라타너스를 닮아 있었다. 하지만 일상 속의 나는 가로수의 가로 본능부터 익힌 몸이 바라는 대로 온종일 라디오를 틀어놓고, 그루터기에 붙어 지내는 매미처럼 방바닥에 붙어 지냈다.

 요란한 매미들의 울음소리가 그늘의 평수를 넓혀가던

내 인생의 여름철엔 플라타너스 잎새들이 아스팔트의 온도를 떨어뜨려 시원하게 해준다는 이야기를 들려주는 어른이 없었다. 현관문을 열고 나가기만 하면 울창한 가로수길이지만, 워크맨에 이어폰을 꽂고 나가려 하면 머리에 피도 마르지 않은 계집애가 이유 없이 쏘다닌다며 핀잔을 듣기 일쑤였다.

그렇지만 녹음(綠陰)에도 녹이 슬어 이파리마저 떨떠름한 말차색으로 바뀌기 시작하는 가을날에는 찬비가 추적추적 내리기 전에 서둘러 산보를 나온 어르신들을 간혹 볼 수 있었다. 올레길이며 둘레길이며 길마저 무슨 브랜드처럼 유명세를 타기 전에는 나 역시 산책이란 책 읽기 좋아하는 칸트 같은 사람들이나 하는 고상한 취미 정도로 생각했을 뿐, 내가 걷는 행위를 산책으로 여기지 않았다. 그런 만큼 내 발자국보다 큰 플라타너스 낙엽들을 일부러 더 세게 지르밟으며 바스러지던 소리를 즐겼다. 지나고 보니, 해 질녘에나 내 방으로 돌아와, 쪽창을 노을빛으로 물들이던 단풍을 하염없이 바라보던 그때가 문득문득 그립다.

플라타너스 가로수길의 소실점은 언제나 별내 어디쯤에 있었다. 상점이 없으니 간판도 없던 길섶 배후엔 그저 오래된 숲과 춘천 가는 열찻길이 깔려 있었다. 지금은 간이역엔

서지도 않는 청춘열차를 타고서야 보게 되는 불암산이지만, 자전거 안장 위에서 올려다보던 산 정상부의 거대한 화강암 봉우리는 숲의 바다 위에 떠 있는 섬처럼 신비로웠다.

계절을 축약하고 곧장 겨울이 당도할 것만 같은 이즈음에도 여든 살이 족히 넘는 화랑로의 플라타너스들은 여전히 보초를 서는 헌병들처럼 제자리를 지키고 있다. 도심에서는 전선과 엉킨다는 이유를 들어 가지치기를 당한 플라타너스들이 볼썽사나운 모습으로 잿빛 하늘을 떠받들고 서 있지만, 서울에서 밀려난 이쯤에서 돌아보니, 화랑로의 플라타너스야말로 내 삶의 버팀목이었다.

메마른 땅에서도 잘 자라고 추위에도 강하고 심지어 상처를 입어도 스스로 낫는 힘이 강해 잘 죽지 않는 플라타너스가 내게는 처음부터 가로수의 대명사였고, 앞으로도 그러할 것이다. 그런데도 도심에서는 갖은 죄목을 열거하며 플라타너스를 뿌리째 뽑아내고 은행나무를 심더니 그마저도 고약한 냄새 탓을 하며 소나무로 갈아치웠다. 나로서는 사계절이 또렷한 나라에서 일 년 내내 변함없는 상록수를 가로수랍시고 심는 것도 얄궂지만, 그나마도 진득하게 지켜보지 못하는 사람들의 변덕은 더욱 이해되지 않는다. 미세먼지 걱정에 마스크를 쓰고 다니는 도시 사람들이 나쁜 공기에도 잘 견디고 나쁜 물질까지 쏙쏙 빨아들이는 이 놀라운 나무의 미덕을 폄훼하는 것 같아 괜스레 서글퍼진다.

낙엽을 서둘러 쓸지 않고 쌓이게 내버려둔 화랑로의 가을은 밤안개가 내리는 이맘때가 최고로 운치 있다. 가로등의 연미색 불빛이 고즈넉이 가라앉은 플라타너스 회랑을 걷고 있노라면, 소설 『개선문』의 여주인공 조앙 마두가 된 듯하다. 트렌치코트를 걸친 애인 라비크가 기다리는 개선문까지 이열종대로 서 있는 한밤의 파수꾼들! 사랑을 찾아온 연인들의 도시, 파리의 샹젤리제 거리에서 광장으로 이어진 가로수길은 마냥 예찬하면서도 정작 그 나무가 플라타너스인 것을 아는 사람은 얼마 되지 않는다.

부융한 안개 탓일까? 호흡이 가쁘다. 이쯤에서 잠시 걸음을 멈추고 숨을 깊이 들이마신다. 누군가는 숲속을 거닐며 테르펜의 화한 향내를 맡는 것을 '그린 샤워'라고 했지만, 나는 축축한 낙엽에서 배어 나오는 흙 내음에서 조금씩 자연의 품으로 돌아가고 있는 나무의 생애 사이클을 떠올린다.

그런데 요사이 재개발 이슈로 화랑로를 가운데 끼고 있는 태릉이 시끄럽다. 한때는 서울에도 끼지 못한 곳, 웅장한 바위산인 불암산 발치에 중종의 계비인 문정왕후가 묻혀 있는 곳, 또한 육질이 단단하고 달달한 먹골배로 유명해진 그곳에 세간의 관심이 집중되고 있다. 서울의 주택 수요 부족을 해결하기 위해 오래도록 묶어두었던 그린벨트까지 풀어버리겠단다. 이처럼 쉽사리 서울의 허파와도 같은 울울창창한 녹색지대에 아파트 단지를 세우겠다는 발상에 혀를 내두르게 된다. 임진왜란 때 왜군들이 도굴을 시도했을 때조차 태릉과 강릉은 토질이 워낙 단단해서 포기했던 곳이다. 그 강질의 토양 위에 화랑대가 자리 잡고 화랑의 후예들을 양성하고 있다. 그 옛날 듬직한 신라 화랑들처럼 화랑로에 도열한 플라타너스는 곧 닥칠지도 모르는 자신들의 운명을 알고 있을까?

손바닥으로 나무껍질을 만져본다. 허옇게 벗겨진 살갗 밑에서 군데군데 차오르는 속살이 싸늘하다. 하늘도 잿빛인 11월, 플라타너스도 나이테를 새기는 응축의 계절로 들어서는 때이다. 플라타너스는 알고 있다. 눈보라 속에서도 중심을 잃지 않고 안으로 더욱 단단해져야 제 살을 찢어 새순을 밀어 올릴 수 있다는 것을, 그래야만 봄날이 온다는 것을. 아스팔트의 아이들아, 너희는 말 없는 플라타너스의 우듬지에 올라가보아라. 나무 위에 둥지를 튼 새들이 구슬프게 전하는 내일의 지구 이야기에 귀 기울여보아라. "옛

날 옛날에 지구는 초록별이었단다……." (2021)

그리운 골목길

　재잘거리고 깔깔거리는 여자아이들의 목소리가 좁은 골목길 양쪽으로 늘어선 남의 집 벽에 부딪히며 전해졌다. 그 소리가 내 집에도 가닿았는지, 엄마는 "밥 안 먹니? 빨리 들어와서 손 씻고 밥 먹어야지" 하며 녹슨 철제 대문에 고개만 빼죽이 내민 채 큰소리로 나를 부르셨다.

　플라스틱 공기놀이에 빠져 20년, 30년, 50년을 저축하고 있던 친구들과 나는 어스름이 번져오는 골목길에 제 그림자가 그늘 속에 숨어든 줄도 몰랐다. 엄마들이 자신들의 이름을 호명할 때에야 겨우 더러워진 치마 궁둥이를 더 지저분한 손으로 훔치며 자리를 털고 일어섰다. 골목 바닥을 여러 차례 훑은 새끼손가락과 이어지는 손날은 새까매져 있었다. 가난한 세간붙이들을 흉금 없이 다 드러내놓고도 쑥스럽지 않던 시절이었다.

　여름날에는 거미줄처럼 가는 실 길들이 모여 제법 너른

공터를 이르는 곳에 평상을 펼쳐놓고 엄마들은 콩나물을 다듬으며 시어머니 흉을 봤다. 어느 집에서인가 방앗간에서 빻아온 콩가루를 꺼내놓으면, 커다란 그릇에 뜨거운 쌀밥을 엎어 설탕과 함께 버무려 주먹밥을 만들어 내놓았다. 하지만 난 그 밥알덩어리에 엉겨 붙은 달달한 맛이 싫어, 입안에서 오물거리다 꿀꺽 삼키고는 평상에 누워버렸다. 그러다 까무룩 잠이 들기도 했지만, 잠시 뒤 내리쬐는 한 줄기 햇살에 따가워진 눈두덩을 부비며 잠에서 깨어나곤 했다.

골목길은 한산하다. 그러나 밤이 되면 옆집 개가 컹컹 짖는 소리, 삐걱삐걱 열리는 앞집 문 소리, 또각또각 들려오는 건넛집 대학생 언니의 하이힐 굽 소리, 고래고래 노래를 부르는 뒷집 아저씨의 술주정 소리로 가득했다. 돌이켜보면, 가난한 서민들의 정취가 물씬 풍기던 내 어릴 적 골목길은 아파트의 현관문까지 반듯하게 들어선 오늘날의 널따란 통행로와는 그 체감온도 역시 달랐다. 승용차가 들어오지 못할 정도로 좁다란 골목을 따라 사람과 사람 사이의 따뜻한 체온이 유지되던 곳이었다.

눈이라도 내린 겨울 아침이면, 가파른 언덕길은 누가 뿌려놓았는지 알 수 없는 연탄재로 지저분했다. 그러거나 말거나, 동네 개구쟁이 꼬마 녀석들은 엄마 몰래 고무다라이를 꺼내와 연탄재가 묻지 않은 흰 눈길이 반질반질해질 때까지 썰매를 탔다. 따듯한 봄날에는 운동회를 알리는 노랫소리에 덩달아 들뜬 강아지들이 꼬리를 흔들어대고, 학교 밖에서는 번데기와 뽑기를 파는 장사꾼들이 모처럼 동전이라도 갖고 있을 아이들을 눈 빠지게 기다렸다.

그러다 갑자기 소낙비라도 내리면, 옥상마다 널어둔 빨래들은 흠뻑 젖어 축 늘어져버리고, 담벼락마다 홈통에서 쏟아낸 빗물로 골목 안은 물바다로 변해버렸다. 볕 좋은 가을날은 또 어떠했던가? 대문 앞까지 내어놓은 무며 호박, 고추 등이 가을볕에 바짝 마를 때까지 가뜩이나 좁은 골목을 차지해버렸지만, 어린 계집애의 소꿉놀이 반찬은 그 덕분에 넉넉했다.

골목마다 하나씩 있던, 코흘리개들이 심부름으로 들르는 구멍가게에는 없는 것 없이 다 있었다. 코일처럼 돌돌 말린 모기향도, 파리 잡는 끈끈이도, 꺼진 연탄을 살려내는 번개탄도 외상으로 구할 수 있을 만큼 주인아줌마의 인심도 넉넉했다. 100원짜리 동전 한 닢을 들고 두부 한 모를 사가지고 집으로 돌아올 때는 커다란 눈깔사탕 하나를 입안 가득 굴리며, 제발 아는 어른을 만나지 않게 해 달라고 주문을 걸었다. "안녕하세요"라고 인사라도 할라치면 입안 가득 고인 침이 흘러내렸기 때문이다.

이따금 엄마가 어디 있을지 모를 때면 동네 미장원부터 기웃거렸다. 동네의 온갖 소문이 자라나는 그곳에서 순희네 아빠가 과장이 되었다는 소식을, 철수네 할아버지가 아들에게 유산을 물려준다는 소식을 듣고 온 날이면, 엄마는 아버지를 들들 볶았다. 그럴 때마다 집에서 슬쩍 빠져나와 어슬렁거리다 동네 복덕방이 보일 때면, 잰걸음을 걸었다. 장기를 두는 할아버지들 뒤에서 훈수를 두던 한 분이 내 인기척을 느끼고서 '흠흠' 가래 끓는 소리를 내뱉으면 썩 반갑지 않아도 배꼽인사를 해야 했기 때문이다. 어쩌다 대충 인사를 하면 누구네 집 손녀딸은 버르장머리가 없다는 뒷이야기가 돌고 돌아 아빠 귀에까지 들어갔다.

이처럼 골목에는 비밀이 없었다. 옆집에 숟가락이 몇 개인지, 영희 언니가 요즈음 데이트를 하는지 아니면 애인과 헤어졌는지 등등을 모조리 알 수 있던 곳이 골목길이었다. 나만의 비밀을 지니고 있으려 해도 누군가의 눈에 들키고 마는 좁은 골목에는 담벼락마다 작은 창들이 다닥다닥 붙어 있었다.

하지만 작은 몸 하나 숨기고 싶어도 제대로 숨길 곳이 없

던 골목길도 어느덧 사라지고 내가 어릴 적 살던 해방촌에
는 이제 누가 사는지도 알 수 없게 높다란 벽을 두른 타운
하우스들이 들어섰다. 그나마도 첨단 보안 장비들이 온종
일 감시하고 있어, 널따랗게 넓혀놓은 길에는 낮 동안에도
지나다니는 사람이 보이지 않는다. 이곳의 새 주인들은 집
안까지 연결된 진입로를 자가용으로 드나들기 때문일 텐
데, 얼마 전엔 결국 내가 살던 옛 단층집을 찾아보려 나섰
다가 이내 포기하고 말았다.

   미로 같은 골목을 빠져나와 축대를 따라 쭉 걷다 보면 육
교가 나오고, 그 육교 아래쪽에는 호떡을 구워 팔던 할아버
지와 아들들이 있었다. 내가 다니던 용암초등학교를 찾으
면 금세 찾을 수 있으리란 기대는 여지없이 무너졌다. 육교
를 허물고 횡단보도를 만든 자리가 어디쯤인지 헷갈렸다.

   어째서 그 장소에 연연하는지, 그 일대를 빙글빙글 헤매
고 다니면서 내 스스로에게 묻고 또 물었다. 당시 백 원짜
리 지폐를 내면 호떡을 열 개 살 수 있었지만, 한 개를 덤으
로 얹어주던 할아버지의 넉넉한 인심이 그리워서일까? 집
으로 돌아오는 동안 뜨거운 호떡 하나를 손에 쥐고 후후 불
어 먹던 기억이 잊히질 않는다. 호떡 속에 넣어준 찐득한
흑설탕을 외투에 질질 흘려 엄마한테 혼나던 기억도 지워

지질 않는다. 학용품을 산다며 엄마한테 탄 용돈으로 '쫀드기'를 사 먹던 문방구도 사라지고 없다. 낡고 허름하던 것들은 하나같이 현대적인 시설을 갖춘 새것으로 둔갑해버렸다. 하기는 반백 년 전으로 거슬러 올라간 시간여행인데, 그대로 있기를 바라는 건 지나친 욕심이다. 흐르는 시간을 박제해둘 수 없다는 건 늙어버린 내 모습이 증거다.

속도를 중시하는 현대 문명에 구불구불한 골목길은 어쩌면 어울리지 않는 것인지 모른다. 길의 풍경은 시대를 반영한다. 마찬가지로 골목길은 그 골목에 모여 사는 사람들의 모양새를 닮아간다. 가진 것은 없어도 솔직하고 순박했던 사람들처럼, 골목은 대문을 열고 살았던 그네들의 삶을 고스란히 드러내 보여주던 곳이다. 슬플 땐 구슬픈 유행가요를 흥얼거리며 시름을 걷어내고, 기쁜 일이 있을 땐 떡을 해 돌리며 웃음을 나누는 풍경이 있던 곳은 이제 옛 흑백사진에서나 찾아볼 수 있다.

지난 겨울, 우연히 다시 들른 이태원에서 문득 옛 골목이 사무치게 그리운 까닭을 내게서 찾아냈다. 인생의 봄, 여름, 가을을 통과해온 긴 여정 동안, 나는 많이 지쳐 있었던 게 분명하다. 뒤도 돌아보지 말고 앞만 보고 뛰어야 하는 세상살이의 각박함에 기실은 신물이 나고 이골이 나 있었지만, 멀리 달아날 수도 없어 답답했던 게 자명하다. 반백 년을 용케 달려왔지만, 마음이 도착한 곳은 허허벌판이었다. 이제라도 원점으로 돌아가 느릿느릿하게 남은 세월을 살고 싶은데, 할머니의 품속처럼 포근했던 골목길은 사라져버렸다. 어디선가 '어서 들어와, 밥 먹어야지'라며, 나를 부르는 젊은 엄마의 목소리가 메아리치는 것만 같은데, 잠시 추억에 잠겼던 눈을 뜨니 차가운 네온 불빛이 휘황찬란한 빌딩숲이다. (2021)

쇳내

작두펌프 손잡이에 베인 손가락에서 피가 솟구쳤다. 재빨리 입술 사이로 손가락을 밀어 넣었다. 피비린내가 나면서, 오래전 붉게 삭힌 기억이 되살아났다. 그날도 놀이터에 혼자 남아 동네 언니들이 끼워주지도 않는, 그네에서 멀리뛰기 놀이를 흉내 내고 있었다. 발을 구를수록 그네가 앞뒤로 흔들리며 쇠줄이 삐걱거렸다. 삐걱, 삐걱 노를 젓듯이 바람을 가르며 높이 올라갈수록, 쇠사슬 줄을 쥔 손바닥이 축축해졌다. 적당한 높이에서 발 구름판으로부터 발을 떼어 되도록 멀리 뛰어내려야 했다. 두 다리가 후들거렸지만, 눈을 질끈 감고 용기를 냈다. 하나, 둘, 셋에 날아올랐으나 모래밭에 착지하는 순간, 그만 둔중한 쇠판이 오른쪽 목덜미를 쳤다.

그 자리에서 앞으로 고꾸라졌다. 피가 솟구쳤다. 새빨간 피에 놀라 그대로 자지러졌다. 내 몸 위로 삐걱삐걱 그네가 흔들거리고 있었다. 내 귓불을 찢은 쇠판으로 된 발 구름판도 건들거리고 있었다. 내 얼굴로 피가 철철 흘러내렸다.

그날 어떻게 집으로 돌아오게 되었는지는 기억나지 않는다. 하지만 엄마의 기억을 빌리자면, 피범벅이 된 아이가 울면서 집 안으로 들어오는데, 그 자리에서 쓰러질 것 같더란다. 엄마 역시 떨리는 손으로 넋이 나간 아이의 얼굴을 살펴보니, 오른쪽 귓불이 찢어져 귓등 쪽에 살점이 간신히 붙어 있더란다.

그때가 나로서는 인생 처음으로 피 맛을 본 날이었다. 일곱 살의 어느 여름 저녁이었다. 세월이 지나면서 일부러 덧입힌 빛깔일지 모르겠지만, 그날의 분위기는 여전히 뭉크의 절규처럼 핏빛 노을로 기억된다.

그리고 얼마 전, 저물녘에 포스코역사관 야외전시관을 거닐다가 옛 삼화제철 고로를 보게 되었다. 그 생김새 때문인지 시골 할머니 집 마당 우물가에 있던 작두펌프가 떠올랐다. 마중물을 부어주고 무쇠로 된 쇳덩어리에 달린 손잡이 지렛대를 위아래로 저어주면, 지하에서 퍼 올린 차가운 물이 철철 넘쳐흐르던 쇳내 나는 무지막지한 펌프 말이다. 그날도 할머니는 얼음장처럼 차가운 지하수로 피범벅이 된 내 손가락을 씻어냈지만, 살점이 떨어져나간 손가락 끝은 지금까지도 환상통인 듯 가끔씩 아리고 따끔거린다.

난 요즘도 겁 없던 철부지 시절을 봉합해버린, 몇 바늘 꿰맨 자국을 이따금 들여다본다. 오톨도톨한 거스러미를 물어뜯다가 기어이 생피를 볼 때도 있지만, 텁텁한 피 맛이 헤모글로빈에 들어 있는 철이온이 산화된 것임을 알게 된 뒤로는 피를 보기만 해도 온몸이 굳어버리던 내 오랜 지병이 저절로 나아버렸다.

그해 여름, 할머니 집 우물가에서 물장난을 치던 여동생의 입술은 퍼렇다 못해 보랏빛이 되곤 했다. 오들오들 떨면서 찾아 들어간 부엌 부뚜막 아궁이 앞에서도 그 애의 입술이 도로 빨개지기까지는 한참이 걸렸다. 걸핏하면 온몸에 시푸르뎅뎅한 멍이 생기고 멍 자국이 흐려지는 데에도 또 한참이 걸렸다. 할머니는 짓궂은 내가 동생을 괴롭힌다고 철썩같이 믿었고, 빚쟁이들에게 쫓겨 다니던 엄마는 할머니의 고자질만 믿고서 어쩌다 날 만나도 나무라기 바빴다. 그럴 때마다 어린 난 혼자 몰래 집 밖으로 빠져나와 담벼락에 쪼그리고서 핏덩어리처럼 생긴 맨드라미를 뿌리째 흔들어댔다.

쇳내가 났다. 그런 다음 맨드라미를 으깬 손으로 철봉대에 거꾸로 매달려 있노라면, 쇳가루들이 바닥으로 으스스

떨어졌다. 저 멀리 산등성이 아래로도 해가 떨어지고 있었다. 다시 반 바퀴 더 돌아 두 발을 땅에 딛고 설 때면 머리가 띵해지면서 천지사방에 피 냄새가 진동했다. 정작 내 몸에서는 피 한 방울 흐르지 않았는데, 쇳가루에 붉어진 손바닥만큼 하늘도 새빨개진 게 거짓말만 같았다. 부뚜막 생쥐처럼 엿들은 엄마의 말은 여동생이 고칠 수 없는 병에 걸렸다는 것이었다. 아픈 여동생이 반년을 넘기기 어려울 것이라고 의사가 말했다며, 엄마는 부엌 바닥에 주저앉아버렸다.

새침하던 여동생이 입원과 퇴원을 반복하며 온 가족의 관심을 받는 동안, 난 할머니 집에 버려진 것만 같았다. 피를 만드는 데 꼭 필요한 철분을 언니인 내가 몽땅 차지해버린 것도 아닐 텐데, 할머니는 건강한 나를 미워했다. 그 후 계속된 이런저런 검사로 좀 더 정확히 알아낸 여동생의 병명은 재생불량성 빈혈이었고, 의사들의 무시무시했던 시한부 선고와는 달리 반년을 무사히 넘겼지만, 그 바람에 내 쓸쓸한 시골살이도 길어져버렸다.

할머니 집이 깡촌에 있는 건 아니었으나 친구 하나 없던 내겐 새로운 관심거리가 간절했다. 하루에 기차가 고작 몇 차례 지나다니는 철로로 나가 침목이나 밟으며 철길의 소실점까지 걸어보자며 허튼 용기를 낸 것도 그즈음이었다.

기차가 느리게 지나갈 때마다 철컥철컥 레일의 연결부에서 나던 쇳소리마저 기적소리에 질질 끌려 멀어질 때면, 내 눈에서도 눈물이 그렁그렁 차올랐다. 이윽고 기차의 꽁무니를 쫓아 달릴 때면 가쁜 숨과 함께 목구멍으로 비린 쇳내가 차올라왔다.

그사이 서울의 대학병원에서는 여동생에게 호르몬과 철분제 치료를 했고, 치료의 부작용으로 목소리가 걸걸해진 여동생은 말수를 잃어버렸다. 내가 달거리를 시작하고 짜증을 부릴 때에도 여동생은 방문의 걸쇠를 걸어두고 음악이라는 자기만의 세계로 빠져들었다. 다시 한 지붕 아래에서 살게 되었다지만, 그 후로 몇 해 동안이나 내겐 유령 같은 존재였다. 그런 여동생이 작곡을 하겠다며 독일로 훌쩍 유학을 떠났을 때 나는 그 애의 독기가 할머니가 키우던 금호철화라는 선인장 가시처럼 단단하다고 생각했다.

고등학교 화학 시간에 배운 철은 Fe, 태양보다 무거운 항성의 핵융합 최종 단계에서 만들어지는 광물질이자 우리 태양계에도 가장 많이 퍼져 있는 금속이라는데, 여동생의 몸에서는 혈액의 원료라는 그것이 부족했다.

아무쪼록 철없던 시절은 가고 화창한 내 청춘의 어느 여름날, 독일에서 전화 한 통이 걸려왔다. "언니, 여기 병원에서 골수이식을 할 수 있대. 언니 혈액 샘플을 보내"라는 부탁도 아닌 명령에 나는 배알도 없이 폭주기관차처럼 움직이기 시작했다. 다행히 우리의 골수 성분은 맞았고, 난 두려움보다 더 강렬한 유럽 여행의 기대에 들떠 비행기에 올랐다. 그런 다음 여동생이 머물고 있던 구동독 지역의 낯선 병원을 오가면서 뼈를 노골노골하게 만드는 주사를 열흘간 맞고, 사나흘을 무균병동에 누워 지냈다. 그러는 와중에도 ECMO란 기계로 내 신선한 혈액을 뿜어내기 위해, 내 심장은 그 어느 때보다 열심히 펌프질을 해댔다.

거대한 작두펌프같이 생긴 삼화제철의 고로를 바라본다. '그래, 저 차갑게 식은 고철의 몸에서도 한때는 쇳물이 용암처럼 흘러나왔을 것이다. 아니, 지금이라도 누군가 다시 펌프질을 해준다면 쇳덩이가 벌겋게 달아오르면서 씩씩거릴 것이다. 철이야말로 이 우주에서 가장 마지막까지 살아남는 원소라니까 분명 그럴 것이다.' 난 혼잣말을 하고 있었다. 이윽고 어디선가 망치 소리가 들려온다. 처음엔 두두두두, 멀리서 들려오는 대장간의 망치 소리인 줄 알았는데, 빗소리다.

쫄딱 젖은 채로 작곡 발표회장에 들어갈 수는 없는 노릇이니, 비와 비 사이를 뛰어야 했다. 그러나 어느새 빗줄기는 장대처럼 굵어졌고, 차가운 공기 중에는 쇳내까지 섞여 있다. 문득 얼마 전 읽은 SF 소설 탓인지 뜬금없는 상상이 발동한다. 강철비가 내리는 행성이 발견되었다더니, 설마 이곳일까? 언젠가부터 쇳내를 맡으면 전생의 기억들까지 쇳가루처럼 딸려오는 것만 같다. 그러니까 내 업보 때문에 오늘처럼 내가 빗속을 뛰어 여동생을 만나러 강철 행성으로 가던 그때도 이천 년 전의 어느 여름날인 듯, 아득해진다. (2021)

눈물이 진주라면

엄마의 방에는 장롱이 있었다. 그 장롱 속엔 옥색치마 같은 열두 폭 바다가 있었다. 비파 열매 탐스런 옛집, 포구로 뚫린 창에 노을이 찾아들면 나는 엄마 없는 엄마의 방 문을 열고 들어갔다. 그러면 방을 온통 차지한 장롱의 매끈한 옻칠이 석양빛에 반사되어 안방 전체가 윤슬을 되튕기는 저녁 바다 같았다. 조막손으로 더듬어보는 자개의 오색 빛깔 조개껍데기들도 수면 위에 떠오른 무지개 같았다.

그림책이 귀했던 시절, 출판사를 하는 친척이 주고 간 안데르센 동화책에서 만났던 인어공주는 어린 나를 기쁨보다는 슬픔에 민감하게 만들어주었다. 동생들과 숨바꼭질을 하지 않을 때에도 나는 곧잘 빈방으로 숨어들어 자개장롱의 문을 열었다. 칠흑 같은 어둠이 지배하는 그곳은 깊고 깊은 바닷속이었다. 내가 그 문을 열기 전까지만 해도 알록달록한 산호초 사이로 헤엄치던 열대어들이 숨어버리고 포말이 하얗게 부서지던 모래밭도 사라져버려, 그곳은 더 없이 고요하고 아득했다.

오래전에 엄마는 걸음마를 겨우 뗀 내게 헤엄치는 걸 가르쳐주었다. 수국처럼 탐스런 수영 모자를 뒤집어쓰고 물장구를 치던 나는 어린 마음에도 여름날의 태양이 수면 위에 던져놓은 햇볕 그물을 좋아했다. 가끔은 물속에서 두 다리를 허우적거리며 그물에 걸려든 인어 흉내를 내보기도 했다. 뜨겁게 내리쬐는 자외선에 등짝이 그슬려 허물이 생겨도 인어인 나는 당연하게 여겼다. 오히려 벗겨내도 이내 다시 생겨나는 것이 내 마음에 쏙 들기까지 했다. 하지만 몇 번, 아니 몇 십 번을 읽어도 어째서 인어공주는 마녀의 경고와 언니들의 걱정에도 불구하고 제 목소리를 잃어버리면서까지 뭍의 왕자와 결혼하려 했는지 이해할 수 없었다.

장롱 속에 겹겹이 쌓여 있는 요와 이불들은 짙푸른 파도였다. 나는 파도에 몸을 맡기고 자맥질하는 상상을 했다. 더 깊은 바닷속으로 들어가면 인어들이 모여 사는 성이 나오고 나를 발견한 인어 언니들이 내 목에도 근사한 진주목걸이를 걸어줄 것만 같았다. 그러면 나는 금발머리 출렁이는 아름다운 그녀들 속에서 누가 인어공주인지 단박에 알아낼 터였다. 하지만 그 어리석은 공주를 만났다는 기쁨에 오래도록 취해 있고 싶지는 않았다. 내가 진짜 궁금했던 건 그림책 속에도 등장하지 않는, 인어들이 꼭꼭 숨겨두었을 인어 엄마의 알려지지 않은 사연이었다.

내 엄마는 눈물이 많았다. 소리 내어 울지 못하니까 자주 흐느꼈다. 방 두 칸짜리 집에서 여름밤에 들려오는 흐느낌은 서러움을 안으로 삭이는 엄마의 신음이었다. 어쩌다 초저녁에 집으로 들어와 네 아이들과 밥상을 마주한 아빠는 느닷없이 비위가 상했는지 밥상을 뒤엎곤 했다. 그럴 때마다 동생들은 맨발로 뛰쳐나갔지만, 맏딸인 나는 그 자리에서 얼어버린 엄마의 치맛자락을 붙잡고 씩씩거렸다. 아빠의 막말이 눈을 동그랗게 뜨고 노려보고 있는 내게로 향할 즈음에서야 엄마는 방바닥에 쏟아진 반찬과 국건더기를 걸레로 훔쳐내기 시작했다. 그러는 동안에도 나는 조막손을 꼭 쥔 채로 버티고 있었다. 내 발등 위로 축축한 걸레가 지나가는 것도 개의치 않고, 아빠 스스로 집 밖으로 뛰쳐나가주길 기다리면서.

그렇게 한바탕 난리를 치른 집구석에는 한여름 밤에도 살얼음 같은 냉기가 감돌았다. 그런 밤이면 달빛도 야속하게 밝았다. 잠이 오지 않았다. 이불 밖으로 빠져나와 갈데없이 옆방 문을 살짝 열고 방 안을 살폈다. 엄마는 방구석에 앉아 있었다. 손에는 실이 꿰인 바늘이 매여 있고 방바 닥엔 이불 한 채가 펼쳐져 있었다. 다른 때라면 동생들과 함께 데굴데굴 굴렀을 목화솜 이불이었다. 엄마는 멀쩡한 이불에서 실밥을 뜯으며 한숨을 내쉬었다. 그 모습이 어린 내 눈에도 너무나도 처연해 도무지 다가갈 엄두를 낼 수 없 었다.

차곡차곡 펼쳐놓은 솜이불 파도 위로 별빛이 진주를 수 놓는 밤, 낮 동안의 숨바꼭질에 지친 조무래기들이 곤한 잠 에 든 밤, 달빛이 문고리를 더듬거리면 밤새도록 내 마음까 지 달그닥거렸다. 엄마가 저 두꺼운 이불 한 채를 두 채로 가르고 나면 우리의 작별이 골목 모퉁이에서 기다리고 있 을 것만 같았다. 난데없이 눈물이 주룩주룩 흘러내렸다. 좁 다란 복도에 서서 울고 있는 딸애의 기척을 모를 리 없는 엄마가 고개를 돌렸다. 엄마의 눈시울이 빨갰다.

세월이 흘러 스물넷이 된 나는 공항에서 엄마와 작별하 고 있었다. 엄마의 눈시울이 다시 새빨개졌지만, 나는 혀를 꽉 깨물었다. '엄마의 물항라 저고리가 젖어들어 심해까지 흐느끼면 내가 돌아올게'라고 말하고 싶었지만, 그저 무뚝 뚝한 내 입에서 나오는 말이라곤, "엄마, 괜찮지? 나 없어 도 괜찮겠지?"의 반복이었다. 공부 핑계를 댔지만, 정작은 지긋지긋한 집으로부터 멀리 도망치려 했던 맏딸이 아니었던가. 그런 주제에 엄마의 안부를 미리부터 챙기는 척한들, 엄마는 내 비겁을 눈치채고 있을 터였다. 하지만 그런 내 마음을 들키게 되더라도 나는 나대로 그럴듯한 명분을 준비해뒀다.

내가 한해살이를 할 곳은 외갓집, 정확히 말해 외할머니가 돌아가신 샌프란시스코의 외삼촌 집이었다. 그곳에서 여생을 마무리한 외할머니는 당신의 뼛가루를 바다에 뿌려 달라고 부탁했고, 그 말을 곧이곧대로 받든 외삼촌은 외할머니를 태평양 파도 한가운데 묻었다. 그 후 이 세상 어디에도 엄마 무덤 하나 없다며 회한의 눈물을 흘리던 엄마는, 당신의 엄마가 돌아가신 바로 그 방을 쓰게 될 내게 "엄마는 괜찮아"라고 하염없이 말했다. 하지만 나는 그 쉰 듯한 목소리에서, 그것이 내 외할머니를 향한 질문이란 걸 알 수 있었다.

엄마의 눈가에서 눈물이 고여 있을 때마다 나는 철가야금 소리를 환청으로 듣곤 했다. 혼자 듣는 그 소리는 축축하고 싸늘했다. 장롱 문을 열고 엄마의 바닷속에 발을 담글 때처럼 오싹할 때도 있었다. 그도 그럴 것이 그곳엔 외할머니로부터 물려받은 오래된 축음기가 있었다. 하지만 먼 뱃

고동 소리에 산호초들의 춤사위가 일렁이면 비취나비 덩달아 날아올라 추임새를 나풀거리는 따뜻한 여름이 되고, 혀를 잃어버린 인어가 그토록 부르고 싶었던 노래가 포말을 터뜨리며 흥얼거렸다.

열두 살쯤이었던가, 처음으로 잠수의 재미를 맛본 나는 불편한 안방 문턱을 넘어야만 자맥질을 즐길 수 있는 엄마의 바다 대신 동네 수영장 물밑으로 숨기 시작했다. 수틀리는 즉시 상대를 막론하고 악담을 퍼부어대는 사람과 한 지붕 밑에서 서로의 얼굴을 마주치는 일에 호흡곤란을 느끼기 시작한 사춘기 소녀에겐 기관지확장제 벤토린 대신 자기만의 방이 필요한 법이다. 다행스럽게도 그즈음 이사 간 집 근처에는 실내 수영장이 있었고 나는 물속의 방 한 칸을 공짜로 얻을 수 있었다. 물론 그렇다고 해서 내 불안감이 완전히 씻겨나갈 수 있던 것은 아니었지만, 내 숨쉬기의 곤란은 분노조절장애를 가진 남편의 무례함을 견디다 못해 협심증에 걸려버린 엄마의 불안에는 비할 바가 아니었다.

물속은 양수처럼 따뜻했다. 그곳에서라면 내가 첫울음을 터뜨렸던 엄마의 자궁 속에서처럼 실컷 울어도 무방할 것 같았다. 울다가 시뻘게진 눈시울은 염소표백제 탓이라고 하면 될 터였다. 아무도 없는 그곳에서 차분히 인어공주에게 엄마가 부재한 이유를 따져볼 참이었다. 비록 현실에서는 문짝 달아난 난파선 같은 신세일지라도, 또한 내 또래 친구들처럼 환한 꿈을 꾸려고 해도 물 밖으로 고개를 내미는 순간 개펄 같은 악몽만이 되풀이될지라도, 세례자 요한을 씻긴 성수처럼 깨끗한 물속에서라면 나도 언젠가는 물로서 뭍의 상처를 씻어낼 수 있으리란 막연한 기대도 갖게 되었다.

어릴 적 엄마를 기다리다 장롱 속에서 잠이 든 밤, 해조음보다 짙은 가야금 소리가 꿈속으로 스며들었다. 처음엔 노란빛으로 번지던 음색이 점차 붉은빛으로 익어가더니, 이내 태풍에 엉클어진 돛대를 잡아 뜯는 소리를 냈다. 이미 땀범벅이 된 채로 그 질퍽한 소리를 듣고 있노라면 숨이 막힐 지경이었다. 나는 물귀신에게 끌려가기 직전에 두 다리로 수영장 바닥을 박차고 물 밖으로 솟구쳐 오를 때처럼 장롱 문짝을 걷어찼다. 그 바람에 전축 앞에 쪼그려 앉아 있던 엄마가 엉덩방아를 찧었다. 넘어진 엄마의 손에는 엘피판 껍질이 그대로 들려 있었고.

"눈물이 진주라면 모아놓았다가 너희들에게 나눠줄 수 있겠지만, 흘린 눈물은 자국도 없고 남길 것도 없어 가야금에 옮겨놓았으니, 잘 들어보아라"는 속표지의 이 구절이

내 눈에 들어온 건, 해묵은 그 장롱을 처분하기 위해 한동안 집을 떠나 외가에 머물던 엄마 없는 안방에 다시 들어간 날이었다.

그러니까 내 인생의 가을 어느 날, 나비가시고기 떠도는 봄날 같은 장롱의 자개장식들을 찬찬히 만져보았다. 그러다 문득 내게는 바다 같던 엄마의 장롱이 처음으로 엄마의 꽃밭이었음을 깨닫게 되었다. 나는 눈물을 삼키며 『인어공주』의 말미를 떠올렸다. 왕자의 사랑을 얻는 데 실패한 인어공주는 결국 포말이 되어버렸지만, 이 세상 아이들이 한 번 웃을 때마다 포말 하나가 물방울로 변한다며 스스로를 위로했을 안데르센의 목소리가 들리는 것만 같았다. 그 즉시 헛웃음이 나왔다. 살아생전 사랑을 갈구했지만 정작 외톨이였던 동화작가의 화려한 장례식이 떠올랐기 때문이다.

외할머니가 말년에 혼자 지낸 빈방에서, 또한 쓸쓸히 이국의 땅에서 마지막 숨을 거두신 바로 그 방을 홀로 둘러보던 엄마는 얼마나 많은 회한의 눈물을 흘렸을까. 남편도 딸도 마음 붙일 곳이 아님을 깨달은 엄마는 언젠가부터 외할머니의 유언을 곧이곧대로 따른 외삼촌을 원망했다. 한 줌 뼛가루가 된 당신 어머니의 유골항아리를 껴안고 빈방에서 또르르 또르르 눈물 흘렸을 엄마의 모습이 눈에 선

하다.

　물방울 다이아몬드는커녕 진주반지 하나 갖지 못했던 엄마가 나를 위해 남겨놓은 음반 <눈물이 진주라면>을 끌어안고, 어릴 적 내게는 당신의 뱃속 같던 자개장롱을 오래오래 바라보았다. 양수처럼 따뜻한 솜이불 속으로 파고들며 인어공주를 상상하던 나날들과도 안녕이라니……. 삐걱거리는 나비경첩이 기어이 날갯짓이다. 오래된 기억에선 삭은 쇳가루가 떨어지고 있는데, 외할머니가 좋아했던 철가야금 산조는 중모리에서 중중모리로 가팔라지고 있다. (2022)

학이 춤추는 동래

피리 소리가 흐르자 양팔을 좌우로 펼치고 한 발을 가볍게 들어 올렸다. 이내 날렵한 버선코가 하늘을 향하자 다른 발의 뒤꿈치가 들리며 바닥을 박차고 날아오를 듯하다. 펄럭이는 흰 소매는 날개 같고, 돌아설 듯 머뭇거리다 핑그르르 제자리를 도는 품새는 한 마리 새라도 된 듯하다. 과연 갓 쓰고 도포 입은 선비인가, 멋 좀 부릴 줄 아는 한량인가?

글쎄, 부잣집 종손으로 태어난 할아버지는 기방 출입이 잦았다고 했다. 아쉬울 게 없으니, 물 쓰듯 인심도 쓰고 다녔다고 했다. 본마누라는 하동에 두고 진주, 삼천포, 부산에도 갈 곳을 만드셨으니, 인생 자체가 풍류였음은 세상 물정 모르는 삼척동자도 짐작이 가능하리라. 그런 할아버지는 어느 날 맏손녀인 내가 외발로 서서 발레리나를 흉내 내자, 내 조막손을 붙잡고 온천장으로 데려갔다. 내 나이 서너 살 적의 일이니 기억이 가물거리지만, 널따란 다다미방으로 초대된 춤꾼 할아버지의 '외발서기사위'는 생생하게 기억난다.

똑바로 선 자세에서 오른발을 들어 올림과 동시에 양팔을 수직으로 어깨선까지 올리고 두 팔은 둥근 해라도 모시듯 쳐들었던 춤사위. 그러고는 "무릇 외발서기는 뒤로 다리를 쭉 찢는 게 아니라, 이렇게 다리 하나로도 꼿꼿하게 서 있는 학처럼 하는 거란다"라고 말씀해주신 할아버지의 한마디 역시 여전히 내 귓가에 쟁쟁하다.

학, 두루미라고도 불리는 이 새는 겨울철이 되면 따뜻한 남쪽으로 내려오는 철새다. 어느새 수십 번의 겨울이 들고 나는 동안 본처와 후처들 사이를 분주히 오가던 할아버지의 삶도 막을 내리고, 나 역시도 찬바람이 불면 야외온천탕이라도 찾아가 몸이라도 지지고 싶어지는 반백 살의 나이를 훌쩍 지났다. 특히 무릎이 시큰거리거나 눈이라도 내리는 날이면 기어이 목욕 가방을 들고 나서게 된다.

스파윤슬길이란 이름이 낯설다. 인공 실개천을 따라 걷다 양말을 벗고 사람들이 삼삼오오 앉아 있는 족욕탕에 발을 담가본다. 발끝부터 간질간질하면서 금세 나른해진다. 유난스레 습지가 많아 시베리아에서 날아온 학이 무리 지어 겨울을 났다는 이곳에서 온천수를 찾아낸 것도 다름 아닌 학이라는 전설이 떠올랐다. 학소대, 학암, 학란 마을 등 등 '학'자가 들어 있는 지명이 많이 눈에 띄는 걸로 볼 때는 그럴싸하지만, 이는 발을 서늘하게 두는 걸 좋아하는 학의 성질과는 모순된다. 하지만 옛날 옛적에 갓 쓴 선비들이 찾아 들어와 푸른 청학이 되었다던 청학동에 얽힌 전설에 비하자면, 마냥 믿기 어려운 것만도 아니다.

수면 안쪽과 바깥의 온도 차이에 눈앞이 뿌옇다. 기침 소리가 가깝게 들리더니, 건너편에 앉아 있던 할머니 한 분이 구부정한 허리를 폈다. 그 모습에서 외발로 만년을 건너온 내 할머니의 모습이 겹쳐 보인다. 열여덟 나이에 종손 며느리가 되었지만 남편은 진정한 동반자가 아니었다. 그래도 모질게 마음먹고 어린 아들을 부산으로 유학까지 보냈다. 하지만 울며 떠난 아들도 당신 품의 따뜻함을 잊고 더 먼 대처로 훨훨 날아가버렸다. 이웃들이 남편 복도 자식 복도 지지리 없다며 수군거려도 당신은 촌구석을 떠날 수 없었다. 때가 되면 철없던 철새들이 다시 돌아올 것이라는 희박한 믿음 하나에 기대어 텅 빈 집을 지켜냈다.

할머니는 몸매가 호리호리하고 다리가 길었다. 얼굴까지 자그마하니 발레리나의 조건을 타고난 셈이었다. 그런 할머니를 볼 때마다, 이미 할아버지의 손에 끌려 동래온천장에서 학춤을 본 적 있던 나는 단정하고 꼿꼿한 당신의 자태가 마치 한 마리 학 같다고 생각했다. 하지만 편히 속내를 터놓고 어우렁더우렁 어울리는 성품이 아니셨기에, 손녀인 나조차도 어린 마음에 거리감을 느낄 수밖에 없었다. 어쩐지 군무에는 절대 어울릴 것 같지 않은 백학 같다고나 할까, 고고한 군계일학이라고나 할까?

어쨌거나 여러모로 수더분하다는 주변 사람들의 평을 자주 듣던 나는 그런 할머니를 닮고 싶다가도 지나치게 삼가고 꺼리는 신독(愼獨)의 모습에 질려, 몇 번이나 학을 뗀 적이 있었다. 낙상으로 다친 다리 수술을 받은 뒤 관절을 움직여야만 한다는 의사의 지시에도 불구하고, 간병인의 도움 따위는 받고 싶지 않다며 뻣뻣하게 펴고 지내시다 결국엔 뻗정다리가 되었을 때가 특히 그랬다. 심지어 내 부축까지 마다하고 외발서기를 하려 애쓰시는 모습에서는 내외의 쏠림 없이 삶의 중심을 유지하기 위해 평생을 버텨온 안간힘 같은 것이 느껴졌다. 설령 백학도 다리를 다치면 도움을 청하려고 우는 모습을 보일 텐데, 당신 홀로 깔끔하고 고고한 척하는 태도는 밉다 못해 차라리 안타까웠다.

때로는 독무로, 때로는 쌍무로도 그럭저럭 좋은 것이, 심지어는 춤꾼과 구경꾼이 따로 없이 뒤섞이어 어우러져도 무방한 것이 동래학춤이다. 물론 입에서 입으로 전해지는 이 춤의 유래에 따르자면, 소리꾼의 구음에 맞춰 흰 도포의 소맷자락을 너풀거리며 마당으로 뛰어나온 건 여느 집 아낙도 춤판의 남사당패도 아닌, 버젓이 갓을 쓴 선비였다고 하니 막춤이 아닌 것은 분명하다. 하물며 그 선비가 선보인 일자사위니 돌림사위니, 옆걸음사위니 하는 춤사위는 어느 정도 규정되어 있으되 자유분방한 즉흥성까지 허용되었다고 하니, 기실 우리네 삶을 닮은 춤이라고도 할 수 있겠다. 좌우지간, 오래전 이 춤이 동래에 정착하기까지, 이 동네 사람들은 마을로 날아드는 학의 모습을 유심히 보았을 테다. 그러다 길고 긴 다리를 휘저으며 하강하는 모습을 흉내 내보기도 했을 테다.

나도 족욕통 속에 담근 발을 휘저었다. 퉁퉁 부은 발가락이 외씨버선처럼 하얗다. 어디선가 자진모리를 치면서 악사들이 등장할 것만 같다. 그러면 나 역시도 맨발로 일어나 살짝 어깨를 들어 올리면서 리듬을 탈 것만 같다. 그래, 지금 내가 있는 이 스파윤슬길 어딘가에서 반백 년 전에도 한바탕 춤판이 벌어졌었다. 그곳은 허름한 온천장에 딸린 낯선 다다미방이었던 것 같은데, 정확히 어디였을까?

이리저리 고개를 돌려봤다. 가족탕이 있던 온천장이라고

만 기억날 뿐, 외관은 전혀 떠오르지 않는다. 고개를 가로 저으며 찾는 건 금세 포기했다. 그날 춤꾼을 불러들여 맏손 녀인 내게 제대로 된 동래학춤을 보여주신 할아버지가 한 량이면 어떻고 선비면 어떤가. 비록 당신께서는 동서남북 으로 책임질 마누라와 식솔들을 만들어놓고 철철이 이 집 저 집 떠돌아다녔어도 행복의 중심에서 그리 멀리 벗어나 지 않은 삶이셨을 테니, 그럼 됐다.

아무렴, 가끔은 나도 새처럼 어딘가로 날아가고 싶다. 하 지만 그럴 때면 오히려 한 발로 똑바로 서서 다른 쪽 무릎 을 접어 발끝이 사타구니에 닿게 한 뒤 깊은 호흡을 한다. 나무를 뜻하는 '브륵샤사나'라는 요가 동작이다. 그러면서 한쪽 다리를 영영 못 쓰게 된 만년의 할머니를 떠올린다. 할머니는 결국 외다리서기를 실패한 걸까? 어쩌면 할머니 는 학처럼 사셨던 게 아니라 학을 기다리는 소나무처럼 사 셨던 건 아닐까?

생각이 더 어두워지기 전에 그만 일어나야겠다. 내 옆에 앉아 있던 백발노인도 어느새 자리를 털고 일어나 저만치 걸어가고 있다. 지팡이를 짚고 기우뚱기우뚱 걸어가는 모 양새가 뽀얀 물안개 속에서 쓸쓸하게 너울거린다. 하지만 그새 한쪽으로 살짝 기운 어깨선 밑으로 날개라도 돋아났

는지, 어느 틈엔가 거리의 젊은이들과 어울려 벌써 길을 휘
어 돌고 있다. (2022)

사두족 엄지 이야기

남자의 시선이 봉을 잡고 있던 내 왼손 엄지와 자신의 엄지를 오갔다. 난 반사적으로 봉에서 얼른 손을 떼고 주먹을 말아 쥐고 엄지를 밀어 넣었다. 곧바로 남자의 얼굴에는 뱀이라도 본 듯한 표정이 스쳤다. 낯선 이로부터 시선의 봉변을 당한 나 역시 불쾌한 낯빛을 감출 수 없었다.

덜컹거리는 지하철에서 사람들 틈바구니에 끼어 있는 내내 숨이 막혔다. 출근길만 아니라면 어떻게든 땅꾼의 자루 같은 답답한 그곳에서 빠져나가고 싶었다. 하지만 정거장마다 고개를 밀고 들이닥치는 인파에 점점 안쪽으로 밀리다 못해 발마저 디딜 곳을 놓치고 말았다. 그 바람에 그 남자의 다리에 내 다리가 꼬였지만, 지하철의 속도에 따라 비스듬히 쏠리는 기울기에서 둘 다 자유로울 수는 없었다.

그렇게 몇 정거장이나 더 갔을까, 어느 순간 들키고 싶지 않은 내 치부를 알아버린 남자는 쓰러지기 직전의 나를 붙잡아주었다. 내 손으로는 아무것도 그러잡지 못해 갈데없이 흔들리고 있다는 것까지 알아챈 눈치였다. 혈관을 타고 찌르르 흐르는 수치심과 함께 창피함이 온몸을 휘감았다.

종각역, 마침내 비틀거리며 지하철에서 겨우겨우 빠져나왔지만, 이미 땀으로 범벅이 된 원피스는 뱀 허물처럼 후줄근했다. 난 누가 쫓아오는 것도 아닌데, 사무실에 도착하자마자 화장실로 가 손을 씻었다. 떨리는 마음 탓일까? 손아귀에서 비누가 미끄러지며 세면대로 떨어졌다. 그걸 또 잡겠다며 왼손이 덥석 비누를 덮쳤다. 바로 그 순간 이번엔 내 시선이 내 엄지에 꽂혔다.

살모사의 머리가 이럴까? 뭉툭한 생김새가 볼썽사나웠다. 애먼 사람에게 희롱을 당하고서 삼각형의 대가리를 바짝 쳐든 독사가 입에 거품까지 물고 있는 꼴이라니, 눈물이 찔끔 나왔다. 열 손가락 깨물어 아프지 않은 손가락이 없다고는 하지만, 이리 흉측하게 생겼으니 제 아비로부터도 멸시를 받는 것이란 자괴감마저 들었다.

성인이 되어서도 뱀이 무서워 수풀이 우거진 곳에는 발도 들여놓지 않으려는 내게 아버지는 툭 하면 외탁을 했다며 혀를 끌끌 찼다. 초등학생 때까지 나와 한방을 쓰신 외할머니는 여러모로 손재주가 좋았지만, 양쪽 엄지가 모두

짤막한 뱀 머리 모양이었다. 엄마는 내 손톱을 잘라줄 때면, 너도 손재주가 좋을 것이라며 애써 위로했지만, 난 어린 마음에도 그 말을 곧이곧대로 믿지는 않았다. 오히려 지하철에서 구걸을 하거나 시장이나 공사판에서 막일을 하는 사람들이 내민 뱀 머리 모양의 엄지를 훔쳐볼 때마다 마음 한구석이 서늘해지는 걸 어쩔 수 없었다.

에덴동산 시절, 이브로 하여금 선악과를 따먹도록 꼬드긴 이후 생겨난 기휘의 증표 같은 그것이 내게 있다는 사실만으로도 나의 탄생은 축복이 아닌 저주처럼 느껴졌다. 나를 그렇게 낳아준 엄마가 미웠다. 특히 손톱을 잘라주려 할 때마다 심하게 몽니를 부렸다. 그럼 부아가 치밀어 오른 엄마도 내가 애기였을 때부터 유난스레 손가락을 많이 빨아서라며 변명을 했는데, 어쩐지 그 말은 어느 정도 설득력이 있었다. 서로 다른 모양을 한 양손의 엄지 둘을 나란히 놓고 비교해보면, 왼쪽 엄지만 빠는 버릇이 있던 유년기를 보낸 게 분명해 보였다.

짝짝이 엄지를 가진 아이는 그렇게 스스로 눅눅한 집구석의 음지를 찾아 똬리를 틀고 움츠러들었다. 그러던 어느 날인가 출판사를 하던 외가 친척이 보내준 동화 전집 속에서 찾아낸 하인리히 호프만의 『더벅머리 아이』를 읽고 나니, 차라리 손을 빨았다며 재봉가위로 손가락을 잘리지 않은 것만도 다행스럽게 여기게 되었다. 하지만 손가락이 길고 가는 여동생이 피아노를 배우고 남동생이 바이올린을 배울 때에도, 나는 나만의 굴속에서 잠을 잤다. 긴긴 잠을 자면서도 동화의 주인공들과 꿈속에서 만날 수 있어 행복했다.

여름방학이 되면 시골 친할머니 댁으로 나만 홀로 보내졌다. 할머니는 한여름에도 늘 긴팔 옷차림이었는데, 내 나이 열세 살이 되어서야 당신의 처녀 적에 뱀한테 물린 자국이 선명한 팔뚝을 보게 되었다. 마침 복날이라 닭백숙을 해주시겠다고 했다. 그러면서 막내삼촌더러 아궁이에 불을 붙일 때 사용할 짚가리를 가져오라고 했다.

그날 삼촌을 뒤따라간 광 뒤편의 퇴비장에서 나는 짚가리를 들추자마자 시커먼 것들이 서로 얽혀 스멀거리는 것을 보고 혼비백산했다. 그것들은 다름 아닌 터주신인 구렁이와 그 새끼들이었다.

처음으로 뱀을 직접 본 그날 이후로 할머니 집이 싫어지면서 무서웠다. 삼촌까지 집터를 지켜주는 신이라며 겁에 질려 있는 나를 달랬지만, 서까래에도 매달려 있을 것만 같아 대낮에도 이를 덜덜 떨었다. 사실 지금까지 그 누구에게도 이 비밀은 발설하지 않았지만, 그날 밤 나는 그 기다랗고 시커먼 구렁이를 꿈속에서 다시 만났다. 작대기로 감을 따고 있었는데 나뭇가지에서 뚝 떨어진 구렁이가 내 왼팔을 감고 엄지를 물었다. 그러고는 쓰러진 나를 확인하고 담장을 넘어 집을 나갔다.

불길한 꿈이었다. 이후 여동생이 난치병 진단을 받았을 때조차 내 꿈 탓이라고 생각했지만, 입을 다물었다. 어느 날인가, 할머니를 따라 절에 갔을 때 부처님 앞에서조차 나는 내 꿈 이야기를 꺼내지 않았다. 때마침 대웅전 돌층계를 올라가고 있던 나를 누군가 멈춰 세웠다. 내 가랑이 밑으로 뱀이 지나가려 하는데 넘어가면 안 된다고 나직이 경고했다. 내 눈에 뱀은 보이지 않는데, 스님은 빙그레 웃고 있었다. 뭔가 다 알고 있다는 눈치였기에 내 심장은 심하게 두근거렸다.

그 후로도 할머니는 하루가 멀다 하고 절집을 찾아다녔고, 부모님은 양의한의를 따지지 않고 명의를 찾아다녔다. 온갖 약물과 치료에 시달리는 여동생의 온몸은 텅텅 부어올랐지만 나는 달리 해줄 것이 없었다.

훗날 골수이식 방법이 있음을 알게 되었을 때 나는 기꺼이 왼팔을 내밀었다. 내 팔뚝에 주사기를 밀어 넣은 의사

앞에서 내 뱀 머리 엄지손가락을 감출 수는 없었지만, 바로 그때 빙그레 웃던 스님의 표정이 떠올랐다. 내 가랑이 사이로 지나가려는 뱀을 그냥 보낼 수 있게 해줌으로써 앞으로 닥칠지도 모를 더 나쁜 기운을 미리 막아주었다는 생각이 처음으로 들었다. 결과가 나올 때까지 외탁을 했다며 무시하던 아버지도 내게 마지막 희망을 걸고 있는 눈치였다. 신기하게도 정밀 혈액 검사 결과 혈액 성분이 거의 100%에 가깝게 일치했다. 형제자매라도 이 정도까지 일치하기는 힘들다는 의사의 말에 나는 외탁을 하지 않은 걸 피로서 증명해낸 것 같아 으쓱했다.

고통이 없었던 것은 아니었다. 본격적인 골수 이식을 준비하는 과정에서 열흘 정도 배꼽 주변에다 매일 두 차례씩 주사를 놓았다. 이내 등허리 뼈가 노글노글해지면서 온몸에서 열이 났다. 그럼에도 불구하고 나는 내 피로 사람을 살릴 수 있다는 우쭐함을 느꼈다.

마침내 의사는 내 팔뚝에 굵은 주삿바늘을 찌르고, 푸른 혈관에서 이어지는 플라스틱 링거 줄이 움직이지 않게 고정시켰다. 반나절 이상 내 동맥에서 뿜어져 나온 뜨거운 피가 정맥으로 되돌아오는 걸 지켜보면서, 뱀이 감겨 있는 아스클레피오스의 지팡이 같다는 생각을 했다. 그 신통한 뱀은 하나의 몸에 두 개의 머리를 갖고 있었다. 한쪽에는 나와 똑같은 뱀 모양 엄지를 갖고 있는 외할머니의 얼굴이, 다른 쪽엔 뱀에 물린 상처를 팔뚝에 갖고 있는 친할머니의 얼굴이 달려 있을 것이라 믿고 싶었다. 어느 쪽이든 뻣뻣해서 뒤로 젖혀지지 않는 것이 일찍 남편들을 잃고 신산한 삶을 살아온 두 할머니의 고집을 닮아 있었다.

그나저나 세상 인연이란 참 신기한 법! 마주 앉은 남자의 시선이 내 엄지로 향했다. 핸드폰의 문자반을 누르고 있는 내 두 엄지가 서로 다르게 생긴 걸 눈치챈 게 분명했다. 그 순간 오래전에 지하철에서 내 뱀 머리 손가락을 힐끗힐끗 쳐다보며 노골적으로 환멸을 드러내던 남자의 얼굴이 스쳐 지나갔지만, 내가 고개를 들어 올리자 이 남자는 짐짓 딴청을 부렸다.

"뱀 대가리같이 생겼지만, 사람 살리는 재주가 있어요."

잠시 머뭇거리다, 용기를 내어 처음 보는 남자 앞에 두 엄지를 내밀었다.

"그거 알아요? 뱀은 눈에서도 허물이 벗겨진답니다. 허물이 벗겨져야 몸도 성장하지만, 세상을 보는 눈도 밝아지는 이치, 아시죠?"

그러면서 남자도 탁자 위로 자신의 엄지를 올려 보였다.

이런! 짧으면서도 굵직한 삼각형 모양의 사두(蛇頭)가 머리를 마주하고 있다니! 세상에 이렇게 만날 확률이 몇이나 될까마는, 분명 나와 같은 변종 사두족이 멋쩍게 웃고 있었다. (2022)

청자 상감매죽학문 매병

　연못을 끼고 도는 조붓한 오솔길, 그녀는 입도 발도 자그마하지만 활짝 펼친 비췻빛 장옷으로 어깨선 아래를 가렸다. 키까지 제법 훤칠한지, 초록동색의 스란치마 밑으로 드러난 굽이 얄실하다. 본 적 없는 얼굴을 끝끝내 감추어도 허리춤에 치맛자락을 휘갑쳐 잡고 선 모양새가 영락없이 교방기녀의 자태다. 이른 봄날의 매화처럼 뽀얀 손등에 햇살이 살포시 내려앉는다. 눈빛 스치는 찰나에도 쨍긋, 심장에 빙렬이 생겨난다.

　오늘처럼 생활의 자전 속에서 미끄러져 튕겨져나갈 것만 같은 날에는 국립중앙박물관을 들른다. 가장 먼저 일부러 어두운 방에다 모셔놓은 듯한 백자 항아리를 마주하고 인사를 건네지만 묵묵부답이다. 토라진 보름달을 밤이 제 너른 품으로 둥실 두둥실 어르고 달래고 있는 듯한데, 그 모습이 서운하기는커녕 덩달아 푸근해진다. 하지만 이도 잠시, 내 마음은 이내 새벽으로 기울어 목마른 술꾼마냥 청자 상감매죽학문 매병을 찾는다. 서둘러 백자실에서 나온다. 청자실까지는 고작 몇 십 보 거리라지만, 바쁜 마음은 기억을 앞세워 새벽빛을 머금은 먼 대숲을 향하고 있다.

목적지는 하동군 북천면 방화리 33번지, 내 할아버지의 할아버지 때부터 내려온 대숲이 오랜 한옥 집을 빙 두르고 있는 선산이다. 삐걱, 기억부터 대문을 열고 들어간다. 할머니는 오늘도 혼자다. 대나무 호위병들을 병풍처럼 두르고서 고고한 청자처럼 안방 자리를 차지하고 앉아 있다. 언제 어디서 보든 자그만 얼굴에 목이 길쭉한, 현대적 기준에나 어울리는 미인이다. 꼿꼿이 허리를 펴고 앉은 자세까지 반듯해서 댓잎들이 비춰 빛깔 그늘을 드리우면 영락없는 청자 매병의 모델처럼 보인다.

하지만 한낮에도 할머니의 얼굴에서는 댓가지의 싸늘한 그림자가 어른거린다. 단언컨대 그것은 열여덟에 시집와서 평생을 남의 집안 귀신들 밥이나 챙기다 얻게 된 음산함이 아니었다. 엄연히 의성 김씨 평장사공파의 33대째 대를 이을 장자를 낳은 정실부인이었으니, 손아래 두루 살펴야 할 식솔이며 일꾼들도 많았다. 곳간의 열쇠 또한 손아귀에 꼭 쥐고 살아온 인생이니만큼 옥비녀에 옥반지로 치장한들

뭐라 할 사람 하나 없었다.

보물 1168호. 지문 한 점 없이 투명한 유리관 속에 든 청자는 천 년의 비밀을 품고 있는 수수께끼다. 몽고항전이 한창이던 고려 말 어느 도공의 손에서 빚어졌을 것으로 짐작되는 이 담청록 빛깔의 매병은 깨진 청자 잔 조각들과 함께 하동에서 발견되었다. 하, 신기하기도 하지, 도대체 어떤 인연이 있었기에 달항아리와 같은 백자의 태토를 낳는 땅에 묻히게 되었을까? 난 그 사연이 오래도록 궁금했다.

그러던 차에 아버지로부터 실마리가 될 만한 이야기를 듣게 되었다. 무려 천 년 전 몽고항전에 참전했던 내 선조 한 분은 전쟁의 패배를 스스로 창피하게 여겨 고향인 의성으로 돌아가지 않고 예안으로 갔다고 했다. 그런 뒤엔 의성 김씨가 아닌 예안 김씨로서 그곳에 뿌리를 내리고 반 천 년을 사는가 싶었는데, 임진왜란이 일어나자 이번엔 지리산 자락 아랫동네인 하동으로 숨어들었단다. 결국 짧고도 멋쩍게 끝나버린 가문의 연혁에 대한 싱거운 이야기였지만, 댓바람부터 저물녘까지 바람 잘 날 없던 할머니의 삶을 이해하는 배경 지식이 되어줄 수는 있을 것 같았다.

누구에게나 살갑지 않은 할머니의 삶은 철저하고도 고독했다. 당신의 벗은 모습을 보이고 싶지 않아 대중탕도 평생 가시지 않았다. 그런 성정이니 여러 차례 불룩했다 꺼진 아랫배를 맏손녀인 내게도 보이고 싶지 않으셨던 까탈이 조금은 이해가 된다. 내가 청자의 빙렬과도 같은 튼살을 처음이자 마지막으로 본 것도 할머니의 임종 침상에서였다.

아무리 외롭고 서운해도 오롯이 지켜온 그 꼬장꼬장한 자존심에 당신 입으로는 사방팔방 씨를 뿌리고 살아온 할아버지 삶을 흉보지 않으셨다. 그 덕에 나는 철이 들 때까지 대뿌리처럼 번진 가계도를 제대로 알지 못했다. 뒤늦게나마 내 윗대의 가계도가 몹시도 복잡하단 걸 알아챌 수 있었던 곳도 당신 장례식장이었다. 그날 나는 고인을 찾아온 낯선 고모 삼촌들의 머릿수로 속 시끄러웠을 당신의 나날을 감히 헤아릴 수 있었다.

가지 많은 나무에 바람 잘 날 없다지 않던가? 어느덧 그 누구의 설명 없이도 뾰족이 내세울 것 없는 가문을 에워싼 대나무가 기실은 풀이란 것 역시 알아차릴 수 있을 만큼 내 머리에도 피가 말라가고 있었다. 윗댓가지에서 댓잎들이 떨어져 땅의 거름이 되어가는 동안, 보이지 않는 땅속에서도 시나브로 그 잔뿌리는 옆으로 옆으로 뻗어나가고 있었던 것이다.

빙그르르 제자리에서 돌고 있는 매병이 물레 위에 있다.

축축한 손으로 회토(灰土)를 빚고 돌리는 이는 내 나이 또래의 진주 고모다. 고모는 물레의 회전 방향에 끌려가지 않으려고 두 손끝에 힘을 모아 원심력을 끌어 올리고 있다. 마치 한 마리의 학이 비상을 위해 몸의 중심을 잡는 듯한 모양새다. 그런 고모는 또한 언젠가 연화 무대 위에 마련된 두 송이의 연꽃 봉오리가 꽃이파리를 활짝 펼칠 때까지 두 마리 학이 서로의 긴 목을 휘감고 희롱하는 '학연화대합설무'를 내게 보여주었다. 신기하게도 무희들은 학의 탈을 전신에 뒤집어쓰고 매우 정적이면서도 섬세한 학의 동작을 춤으로 재현하고 있었다. 알고 보니 조선 말기 진주목사였던 정현석이 채색 그림까지 곁들여 신라 시대부터 내려온 춤사위를 정리하여, 진주 교방청 기생들을 통해 전한 그대로란다.

한참을 청자 상감매죽학문 매병 앞에서 서성거린다. 실바람에도 흔들리는 댓가지 사이에서 춤추는 학이 세 마리인 점이 마음에 걸린다. 한 마리는 땅바닥에 서서 한쪽 다리를 들어 올린 채로 긴 목을 떨구고 있는데, 나머지 두 마리는 허공에서도 서로를 향해 거리를 좁히고 있다. 아무래도 외따로 서 있는 학 한 마리가 내 할머니 같다. 말년에 한쪽 다리를 다쳐 뻗정다리가 된 뒤에도 생활의 중심을 놓치지 않고 하동 땅을 지켜온 삶의 자세가 그랬다. 어쩐지 대밭이 술렁일 때마다 부리가 닿을 수 없는 하늘을 원망하며 지었을 한숨이 저 매병 안에 오롯이 담겨 있을 듯싶다. 그러거나 말거나 할아버지는 매화꽃을 보겠다며 진주로 가 애교 많은 진주 할머니를 만나 만화방창 꽃밭에서 사셨을 테다. 하지만 다정도 병인 듯, 할아버지는 맏손녀인 나보다 어린 막내딸의 재롱까지는 챙겨보지 못한 채 눈을 감으셨다.

남강 기슭에 고모와 나란히 앉아 퉁퉁 분 보름달이 보로통한 얼굴을 돌리며 밤의 품을 밀어내는 것을 본 적이 있다. 물가에는 새들이 한 마리, 두 마리, 세 마리, 다툼 없이 다정한데, 고모가 불쑥 저 새들처럼 학 세 마리가 그려진 청자 상감매죽학문 매병이 한때 진주박물관에 있었다고 우겨댔다. 나는 어떤 자존심에서인지 그럴 리가 없다며 주먹을 쥐고 일어났지만, 손아귀에서 힘이 스르르 빠져버렸다. 그런데 오늘 또 용산에서 마주하고 있자니, 이번엔 진주 할머니가 떠오른다. 동동구리무를 바른 윤기 도는 얼굴빛 탓이었을까? 은은한 비췻빛 광채를 뿜어내는 매병의 둥근 배를, 나도 한 번쯤 쓰다듬어보고 싶어진다.

노을강의 윤슬처럼 어느덧 저 반지르르한 매병 위로 내

얼굴이 비친다. 매병의 어깨를 붙잡고 반대쪽으로 돌리면 한때 내 엉덩이에 새겨졌던 몽고반점의 흔적이라도 남아 있을까? 애초에 이 청자 상감매죽학문 매병이 하동에서 발굴되지 않았더라면, 어느덧 섬진강이 내려다보이는 선산 위에 나란히 누워계신 두 할머니와 할아버지의 삼각관계를 내 멋대로 추측하는 일 따위도 없었을 텐데……

자름 실로 주둥이 부분을 잘라낸 도공의 손끝이 파르르 떨린다. 이제 예리한 조각도로 매화와 대나무를 새기고 비상하는 백학 한 쌍을 넣어줘야 하는데, 도공은 손에 힘을 주고 한 마리를 더 새겨 넣는다. 그래, 그에게는 감히 곁에서라도 지켜주고 싶은 사랑이 있었겠지. 그러나 차마 세상에 드러낼 수 없어 제 품에 안고 산천을 주유하다 낯선 하동 땅에 묻었겠지. 무려 천 년 전에. (2022)

부르카와 마스크

한증막에 오래 앉아 있을 때처럼 홧홧하다. 숨을 내쉴 때마다 마스크 안쪽이 눅눅해진다. 오르막길이라도 걸어 오를라치면, 숨이 턱턱 막힌다. 특히나 요즘처럼 무더울 때는 KF94에 비해 조금 얇다는 KF80도 털옷처럼 갑갑하다. 눈만 내놓고 나머지 얼굴 부위를 가리고 집 밖으로 나선 지도 벌써 삼 년차가 되었지만, 마스크 안에 갇힌 뜨거운 내 입김으로 얼굴이 후끈거린다. 그런데도 사회적 약속을 철썩같이 지키는 국민성을 지닌 옆 나라 일본 사람들은 마스크를 '얼굴 팬티'라 부르며, 공공장소에서는 절대로 벗지 않는단다.

하기는 마스크 덕을 보는 사람들은 우리 주변에도 꽤 있다. 속된 말로 '마기꾼'이라 불리는 그들은 마스크를 착용할 때는 얼굴이 예쁘거나 멋있어 보이지만, 마스크를 벗으면 실망스럽다는 뜻에서 사기꾼 취급을 받는다. 그래서일까? 요즘 성형외과는 마스크를 쓰고 다녀야 하는 작금의 상황을 십분 이용하는 환자들로 문전성시를 이룬다고 한다. 대체로 콧대를 높이거나 턱을 깎는데, 어차피 누구나 쓰고 다니는 마스크로 수술 부위를 가릴 수 있기 때문에 완치가 될 때까지 수술 사실을 티 내지 않고 다닐 수 있는 장점이 있단다.

모두 이해가 되는 대목이다. 나 역시 지하철을 탈 때는 건너편에 앉아 있는 사람들의 얼굴을 쓰윽 살펴보는 습관이 있는데, 마스크로 얼굴의 절반을 가리고 있다고 해서 그만두게 되지는 않았다. 그런데 보이지 않는 절반의 부분은 어디까지나 내 상상의 영역이되, 그 상상을 즐겁게 이끌어 주는 건 역시나 눈이다. 특히 커다란 눈망울에 새카만 눈동자를 지닌 젊은 여인이 봉황의 꼬리처럼 눈초리를 길게 위로 빼고 성냥개비 다섯 개는 거뜬히 올려둘 수 있을 정도로 풍성한 속눈썹을 마스카라로 바짝 치켜올린 눈 화장을 뽐내고 있을 때는 감상을 넘어 감탄을 하게 된다.

눈 화장에 공들이는 시간이 전혀 아깝지 않다는 말레이시아에서 온 라티프는 내게 한국어 개인 교습을 받는 대학원생이었다. 까무잡잡한 얼굴에 머리에는 늘 히잡을 쓰고 있었기에 그녀의 머리카락이 길었는지 짧았는지는 전혀 기억에 남아 있지 않다. 라티프를 떠올릴 때면, 제일 먼저 실제 눈의 윤곽보다 더 길고 크게 그어진 아이라인 위로 덧붙인 속눈썹이 생각난다. 어지간히 늘지 않는 그녀의 한국어 실력에 실망한 나는 멘토로서 가끔 선 넘는 참견도 했는데, 언젠가 한번은 "네 자존심은 그 눈썹 길이에 달렸니?"라고 다그치며 본심을 드러낸 적이 있다. 그러자 그녀는 고개를 푹 숙이고, 닭똥 같은 눈물을 똑똑 흘리면서 울먹였다. "언니가 히잡을 써보지 않아서 그래요. 나도 여자인데, 머리카락을 드러낼 수 없으니까요." 나는 얼른 한 손으로 내 입을 막았다. 그 입장이 되어보지 않고서야 이러쿵저러쿵할 수 없는 건데, 내 앞에 있는 라티프란 거울에 비친 나의 참모습은 관용이란 미덕이 눈곱만치도 없이 옹졸하고 편협하기만 했다.

언젠가 아프가니스탄으로 해외 파병되었던 후배가 내게 자신의 핸드폰에 담긴 사진 한 장을 보여줬다. 치대를 졸업한 덕에 위생병의 신분이었던 그 친구는 비록 자신은 남의 나라 전쟁터로 보내졌지만, 현지의 교실 풍경을 사진에 담아올 정도로 시간적 여유가 많았다며 덤덤하게 말했다. 하지만 술 한잔을 입안으로 털어놓고 한숨을 쉬더니, 저 애들은 여학생들이라고 했다. 사실 모두 다 시커먼 자루 같은 걸 뒤집어쓰고 있어서 고작 중학교 여학생인지 알아챌 수도 없었다. 잠시 뒤 사진을 확대해보니, 첫 줄에 앉은 아이들의 눈이 보이는 것만 같았다. 그러나 모두 모자이크 처리를 한 것처럼 칙칙한 망사 뒤에 커다란 눈망울을 숨기고 있었다. "부르카예요, 누님. 저 나라에서는 생리할 나이만 되면 여자는 그림자 취급을 해요." 그러면서 후배는 내 눈을 빤히 쳐다봤다.

이어 후배는 부르카 안에 청바지와 쫄티를 입고 심지어 배꼽 피어싱까지 한 애들이 있다고 덧붙였다. 그 말에 순식간에 얼굴이 화끈거렸다. 그걸 어떻게 봤을까 싶은 의심 섞인 불쾌감 때문이 아니라, 억압적인 가부장제 문화 속에서 자신들의 꿈마저 무덤 속에 가둬버린 여자애들이 느꼈을 분노 같은 것이 내 안에서도 끓어올랐기 때문이었다. 눈까지 가려버린 부르카에 비하자면, 라프티의 히잡은 여성도 자신의 눈으로 세상을 볼 수 있고, 당당히 할 말도 할 수 있게 배려한 머리쓰개처럼 생각되었다. 사실 언젠가부터 부르카를 쓰지 않았다고 명예살인을 당하는 이슬람 여성의 사진도, 이민자 여성들이 부르카를 뒤집어썼다고 불편한 적개심을 드러내는 파리지앵의 표정도 내 마음을 바닥까지 흔들어놓았다. 전신을 감싼 부르카 속에 총이라도 감췄을 가능성을 배제하지 못하는 것은 서방 세계가 지금껏 겪어온 테러의 위협에 대한 집단적 신경쇠약 반응일 텐데, 나 역시 그 반응에서조차 자유롭지 않았다.

하지만 시커먼 부르카는 어쩐지 죽음을 연상시킨다. 움직이는 관 같다는 섬뜩한 느낌을 지울 수가 없다. 그럼에도 불구하고 그런 죽음의 그림자가 어른거리는 전쟁터에서도 여인들은 부르카 속에 청바지와 쫄티를 입고서 꿋꿋하게 자신만의 개성을 지켜나가고 있는 게 현실이다.

안타깝게도 세계는 지금도 전쟁 중이다. 러시아가 우크라이나를 침략했고, 코로나19가 전 세계를 점령했다. 그런 중에 마스크가 우리들 얼굴의 절반을 차지하더라도 마스크를 벗을 수 있는 자기만의 방에서는 마이크를 잡는다. 물리적인 격절의 세월이지만, 아직까지 멀쩡히 살아 있다고 개개인의 생존을 세상 밖을 향해 생중계하고 있는 셈이다.

하얀 마스크 일색에서 파스텔톤으로 색깔의 선택도 다양해지고, 꽃무늬며 기하학적 패턴이며 마스크 문양까지 화려해졌다. 흑사병이 창궐했던 중세 시대의 방역 의사들이 얼굴에 뒤집어쓰던 마스크에서 그 기원을 찾을 수 있는 새부리형 마스크에서 인체공학적인 디자인의 마스크에 이르기까지, 바야흐로 마스크도 또 하나의 개인의 개성을 담아내는 패션의 시대가 되었다.

어느덧 야외 활동 시에는 마스크를 벗어도 된다는 방역 당국의 친절한 문자 메시지를 받은 지도 두어 달이 지났지만, 대다수의 사람들은 맨얼굴을 드러내지 않는다. 이렇게 후덥지근한 날씨에도 불구하고 마스크가 마치 얼굴 방패라도 된 것인 양 표정들을 숨기고 있다.

'부르카를 쓸까, 부르카를 벗을까' 사이에서 생존의 고민을 하는 이슬람 여성들의 유난히 크고 짙은 눈망울이 떠오른다. 쓰고 벗는 사이에 생사의 갈림길이 있는 그네들의 삶에 비하자면, 오늘 여기 우리들에게 '마스크를 쓰느냐, 마스크를 벗느냐'는 개인이 선택할 수 있는 실존의 문제가 된 것 같다. 오늘은 나도 마스카라로 눈썹을 올리고 싶다. 라티프가 그랬듯이 내 눈에도 긴 차양을 쳐주면, 보기 좋게 시원한 그늘이 생겨 눈살 찌푸릴 일도 지나칠 수 있을 것 같다. (2022)

2부
숨과 숨 사이에

파시를 찾아서

여름 끝물이다. 달보드레한 맛을 찾아 1번 국도의 끝으로 달려가고 있다. 이대로 차를 거꾸로 돌려 또한 내내 달려가면 북녘땅 신의주에도 도착할 수 있는 길이지만, 기다랗게 한숨이 새어 나오면서 입안 가득 씁쓸한 침이 고인다. 더는 갈 수 없는 곳, 그곳에서 반백 년 전에 이 길을 따라 내려온 사람들이 맨발로 넘어간 유달산 아래 아리랑 고개가 있는 곳. 그리고 또 바로 그 고개 너머에서 다닥다닥 어깨를 붙이고 오순도순 살아가던 다순구미 사람들도 어느덧 벽돌공장만 남기고 떠나간 곳. 그야말로 지금 내가 찾아가고 있는 뭍의 끝이란 곳은 세발낙지처럼 세월에 얽히고설킨 상처를 보듬고 씻어주던 바람과 바다가 있는 항구도시 목포다.

문득문득 '목포'라고 자그맣게 소리 내어본다. 그런데 목포는 어쩐지 반도의 목젖 같아서 발음할 때마다 목젖이 달

그락거린다. 기분이 묘하다. 너른 바다와 기름진 땅이 풍요로운 물산을 내어주던 남녘의 숨구멍과도 같은 곳인데, 어이하여 목포라고 발음할라치면 뜨거운 한숨이 번지면서 안경 가득히 김이 서릴까.

마침내 차를 멈추고 영산강의 끄트머리에서 서해와 남해가 만나는 바다를 바라본다. 숨통이 트일 것 같다. 하지만 늦여름 태풍이라도 오려는지, 파도를 찢을 듯한 바닷바람이 사납다. 하기는 한 세기 전부터 옆 나라의 끊임없는 간섭으로 갈기갈기 찢기고 파헤쳐졌으니, 지금처럼 텃세라도 부리는 편이 차라리 낫다. 눈물 찔끔 콧물 찔끔 쥐어짜며, '목포의 눈물' 타령이나 하던 이난영보다야 물동이를 이고 지고서도 이 골목 저 골목을 누비고 다녔다던 옥단이가 아무래도 내게는 진정한 목포의 딸 같다.

봄날에 목포에 오면 모두가 가난했던 그 옛날 조금새끼들을 먹여 살린 조기새끼 조림이 입맛을 당기고, 가을날에는 바다로 가려는 낙지를 육지로 끌어당겨 긴 다리에 참기름 척척 발라 호로로 감아 먹는 낙지호롱이 군침 돌게 하지만, 지금은 여름 끝물. 노을도 붉은 그늘을 치는 시간, 어디 노포라도 찾아내어 게을러서 제때 못 한 복달임이라도 해볼까 싶은데, 어디로 갈까나? 이매방의 춤사위처럼 한껏 가벼워진 발걸음으로 건들건들 목포역으로 걸어가 길 건너 왼쪽 골목으로 몸을 틀어볼까나. 구도심 오거리를 빙그르르 돌아 옛 초원호텔 앞도 사뿐사뿐 지나서 조명 불빛 화려한 '민어의 거리'로 들어가볼까나.

도대체 내가 왜 이러는 것일까? 목포에만 오면 일단 배꼽 단추가 눌리면서 마른 입술로 입맛만 다시는 게 아니라, 입 밖으로도 흥얼흥얼 허튼가락을 뽑아내니, 체면쯤이야 뻘밭에 내려놓고 민어 한 마리는 단숨에 뼈째로 먹을 기세다. 둔한 미감을 가진 탓에 어째서 사람들이 목포를 두고 예향의 고향이라 칭하는지는 잘 모르겠지만, 스스로 탁월한 미식감을 가졌다고 자부하는 터인지라 목포야말로 내게는 남도의 맛, 그 자체라고 할 수 있다. '목포' 하고 소리 내어본다. 목포를 떠올리는 즉시, 입에 침이 고인다. 막걸리 발효 식초로 만든 초고추장에 쑥갓, 당근, 양파를 함께 넣어 비벼 먹는 민어회의 찰진 맛을 떠올리니, 발걸음까지 빨라진다. 하지만 '복달임엔 민어탕이 일품, 도미찜은 이품, 보신탕은 삼품'이라고들 하니, 오늘은 남들처럼 민어탕을 먼저 먹기로 나름의 결심을 했다.

사실 여름철은 민어의 산란기인데, 수온이 높아지면 민어 떼가 얕은 물 쪽으로 몰려들어 개구리처럼 밤새 개골개

골 운다고 한다. 평소의 민어는 바닷속 갯바닥을 헤엄치며 새우, 게, 멸치를 잡아먹고 살지만, 횟감용은 어선에 들이자마자 숨이 붙어 있는 상태에서 아가미 밑쪽을 칼로 째 피부터 빼내야 한단다. 제 배를 불리기 위해 날것의 생피를 빼버리다니! 쯧쯧, 이런 사람이야말로 잔인한 짐승이란 생각도 들지만, 어쩐지 그런 삶과 죽음이 물에 사는 민어뿐이었을까 하는 질문도 동시에 하게 된다. 이 땅에서 온갖 모진 고통을 당하며 이름 없이 죽어간 백성들도 처지는 비슷할 진데, 정작 그들이 사랑했던 생선이 백성 '민(民)'자를 쓰는 민어였다니, 참으로 아이로니컬하지 않은가 싶다.

전국 먹방 투어를 하는 TV 프로그램을 통해 알게 된 유명 맛집들이 나를 유혹했지만, 되도록이면 현지인들에게만 알려진 알짜배기 식당으로 들어가고 싶어져 골목골목을 기웃거렸다. 그러길 한참이나 시간이 흘렀지만 번지수를 잘못 짚은 탓인지, 축축한 혓바닥 위에서 동그라미를 굴리며 내는 'ㅇ종성법'을 가진 말소리가 내 귀에는 어지간히 들려오지 않았다. 말씨처럼 솜씨 좋은 남도 1번지의 아낙이 끓여내는 민어탕이야말로 진짜 게미*가 있는 목포의 맛이라고 기대했건만, 이쯤 되니 낙담으로 발걸음도 무거워졌다.

"무담시 와 갔고 고생허요." 지칠 대로 지쳐, 우연히 들어간 구멍가게 아낙네가 내 행색을 살피며 혀끝을 찬다. 그녀의 말에 따르면, 올해는 기름 값이 비싸 어선들의 출항 횟수도 그만큼 적어져 민어 값도 천정부지로 올랐고, 거시기 물때까지 늦어지는 바람에 늦여름 폭풍 지나간 뒤에나 제맛을 볼 수 있을 것이라고 귀띔해준다. 그러면서 이럴 줄 알고 미리미리 말려둔 민어 암치포를 구워줄 테니 막걸리나 한잔 시원하게 들이키고 가란다. 마다할 이유가 따로 없어 냉큼 가게 앞 파라솔 의자에 앉았다. 잠시 뒤, 노릇하게 구워낸 암치포를 쟁반에 담아 내온 그녀가 내 맞은편에 털썩 앉았다.

두 여자가 한잔씩 건배를 하고 포를 뜯는데, 살짝 술기 오른 그녀의 입에서 걸쭉한 노랫가락이 주룩주룩 흘러나오기 시작했다. 주거니 받거니 몇 순배를 돌렸을까, 어느덧 사위는 깜깜해지고 골목은 고요해졌다. 어느새 막걸리로 꺼트린 배의 허기 역시 사라졌지만, 슬슬 잠잘 곳이 걱정인데 졸음이 쏟아졌다. 얼마나 지났을까. "어치깨나 맛나는께 롱 몽땅 춰부렷당깨. 인자 그만 잡숫고 인나요"라는 이응을 굴리는 목소리에 화들짝 술기운을 떨치고 잠에서 깨어났다. 이내 멋쩍어져 계산을 하고 나가려 허둥대며 지갑을 꺼내려는데, 여자가 먼저 내 팔을 잡아끌며 딸린 방으로 이끌었다.

미닫이문이 열려 있는 방 안을 설핏 보니, 여덟 짝 자개 농이 방의 절반을 차지하고 있다. 시어머니가 쓰시다 물려준 장롱인데, 신랑은 자기보다 먼저 바다랑 혼인한 사이였다고 여자가 농담을 한다. 하지만 잠시 뒤 머뭇거리다 들어간 방 안에서 가까이 본 농은 여기저기 깨어지고 칠이 벗겨져 있었다. 내 눈길이 닿은 걸 눈치챘는지, 여자가 머리를 긁적이며, "부레풀이 있어야 한디, 옻칠 간 데는 민어풀이 최곤디, 잉~" 하며 전라도 여인 특유의 콧소리를 낸다.

방 안 어디에도 여자의 남편 흔적은 보이질 않았다. 오래된 자개장롱 외에도 한쪽에는 화장대가 있었지만, 그 위에는 몇 개의 기초 화장품 이외에는 별다른 것이 올려져 있지 않았다. "쪼깐 불편해도 어여 둔녀요, 낼 아침 짝에 파시(波市) 따라가면 종깨." 서둘러 여자는 문을 닫으려 했다. 나는 얼떨결에 '네'라고 대답해버렸지만, 후회하지는 않았다. 다만 지금 내가 어디에, 어째서 와 있는지를, 자개장롱에 박혀 있는 패각을 손바닥으로 쓸어내리면서 스스로에게 묻고 또 물었다.

여자의 말에 따르면 모처럼 열리는 민어 파시는 새벽 바다에서 잡힌 민어를 바로 살 수 있는 부둣가 장터인데, 말로만 들었던 파시란 단어가 주는 뉘앙스가 서럽기만 하다. 어딘지 누추하고 소박하긴 하지만, 바닷바람에 쩐 비린내와 어부의 땀 냄새가 밴 지난 시대의 산물이 이 남녘 첫 바다에서마저도 저물고 있다는 걸 알아채고 아련해진다. 잠이 오지 않는 밤, 나는 잠자리를 털고 일어나 전등불을 켜고 자개장롱 맞은편 벽에 등을 기대고 앉았다. 군데군데 칠이 벗겨졌지만, 여전히 은은한 빛이 도는 자개장이 연산호의 바다로 나를 인도했다. 여자가 알려준 민어 부레풀이 지금 내 곁에 있다면 그녀를 위해 밤새도록 헐고 낡은 곳곳을 메꿔놓고 싶었다.

그때 돌연 내 눈에 들어온 자개 액자 속의 젊고 싱싱한 여인의 모습. 아, 수수한 옥단이 쪽은 절대 아니고 화려한 이난영 쪽에 가까운 여인이 턱을 괴고는 나를 빤히 쳐다보고 있다니! 난 어쩐 이유에서인지, 얼른 고개를 창 쪽으로 돌려버렸다. 빗소리가 살랑살랑 들려온다. 환청일까? 미닫이문 틈새로도 자그맣게 해조곡까지 떠밀려 들려오고 있다. 귀를 막고, 이번엔 '파시', '파시' 자그맣게 소리 내어 발음해본다. 이 밤이 가고 나면 파시도 이 목포 땅에서 영영 사라져버릴 것만 같은 아득한 기시감이 든다. 보도시

목구멍이 바짝바짝 마른다. (2021)

●
게미: '씹을수록 고소하고 깊은 맛'의 전라도 방언.

모포줄을 찾아서

배꼽을 들여다본다. 옴폭 패인 그곳엔 나와 세상을 이어주던 탯줄의 흔적이 남아 있다. 내가 아직 뱃속의 양수에 잠겨 있을 적, 어머니는 한 줄의 제대정맥과 두 줄의 제대동맥을 내려주었다. 나는 그 세 줄을 통해 신선한 산소와 풍부한 영양분을 공급받고 노폐물을 뱉어내면서 열 달 동안 무럭무럭 자라날 수 있었다. 그러니 내가 이 세상에 태어나기 전, 내 태초의 집인 자궁은 어머니의 바다인 셈이었다.

바다를 본다. 이곳은 고래가 가끔 출몰한다는 포항 앞바다. 오래전 탯줄이 끊어진 날에 뭍으로 올라올 수 있던 나와는 달리 탯줄이 끊어진 다음에도 바다를 떠난 적 없는 고래의 배꼽을 떠올려본다. 그런데 아주 오래전 사람이 살지 않던 시절엔 고래도 육지에 살았다고 한다. 가슴지느러미에 남아 있는 사람의 손과 비슷한 손가락뼈 다섯 개의 흔적이 그 증거라고 한다. 다시 바다를 본다. 한참을 기다려도 고래 한 마리 보이지 않는 경해(鯨海)라는 새벽 바다가 쓸쓸하다.

옛사람들은 자궁의 숨결을 태동이라 부르며 새 생명 탄생의 기미를 태동으로 느꼈다는데, 해 뜰 무렵이지만 오늘따라 운무가 자욱하다. 아쉽지만 발길을 돌려 모포로 향한다. 조선왕조 오 백 년 동안 유배지였던 장기면 모포까지 가는 길에 뒤늦게 해가 뜬다. 문득 고래야말로 먼바다에 영원히 유배된 처지란 생각이 든다. 누가 이 앞바다에 엉뚱한 금줄이라도 쳐놓은 걸까? 내가 어렸을 때만 해도 아이가 태어나면 그 집안 남자들이 깨끗한 볏짚을 왼새끼로 꼬아 삼칠일 동안 아무도 얼씬거리지 못하도록 새끼줄을 대문 앞에 걸어두었는데, 누군가 보이지 않는 줄로 바다와 뭍 사이에 경계선이라도 쳐둔 걸까?

꼬르륵 배꼽시계가 시장기를 알려왔지만, 배고픔의 절박함도 호기심을 앞지를 수는 없다. 오늘은 큰 줄다리기가 있는 날. 본격적인 줄다리기를 지켜보기 전에 골맥이당 구경이라도 할 수 있기를 바랐다. 나를 인도하는 내비게이션에는 한반도의 배꼽쯤인 호미곶에서 2촌 4푼 아래쪽에 골맥이당이 표시되어 있다. 그곳은 말하자면 들숨과 날숨의 기준점이 되는 단전과 같은 곳이다. 하지만 동해안 도로를 따라 달리던 차는 샛길인 모포길과 만나는 지점에서 멈춰 섰다. 여기서부터는 마을 뒤편의 뇌성산 자락을 잡고 걸어서 올라가야 한다. 다행히 그리 가파르지 않은 길이지만, 아쉽게도 정사각형 돌담에 둘러싸인 작은 당집의 대문은 굳게 닫혀 있다. 문틈으로 바라본 당집 안쪽엔 똬리를 틀고 앉아 있는 골맥이⁕ 할배와 할매도 보이지 않는다. 벌써 장정들이 어깨에 두 분을 짊어지고 큰 마당으로 모셔다놓은 게 분명했다. 여태 허탕을 쳤지만, 부정한 것으로부터 고을을 보호하고 계신 골맥이신들이 이방인인 내 방문을 내켜 할 리 없다는 생각도 들었다.

터벅터벅 내려오는데 배꼽 근처에서 또다시 꼬르륵 소리가 들려온다. 뜬금없이 내 탯줄은 어디에 있을까라는 의문이 든다. 옛사람들은 태를 태우고 남은 재를 단지나 옹기에 담아 숲 그늘에 묻어두었다는데, 그렇다면 이 지역 사람들이 평소 골맥이당에 잘 모셔둔다는 모포(牟浦)줄은 또 다른 탯줄이 아닐까라는 상상의 나래가 펼쳐진다. 전설 속의 여와와 복희씨처럼 서로의 몸을 배배 꼰 모포줄, 다시 말해 골맥이 할배와 할매가 사랑하는 모습을 내 멋대로 떠올리니 웃음이 절로 나온다.

실없이 웃다 보니 머리칼도 춤을 추고 있다. 걸음을 멈추고 주머니 속을 뒤진다. 하지만 고무줄이 없다. 오래전 엄마는 곱게 빗질한 내 머리채를 세 가닥으로 갈래짓고 촘촘히 땋은 다음, 고무줄로 묶어주었다. 그것이 마치 우리 사이를 이어주던 탯줄인 것처럼, 한 줄의 제대정맥과 두 줄의 제대동맥인 것처럼 아침마다 당신에게서 받은 내 생명줄을 정성껏 매만져주었다. 어쩌면 이곳 사람들도 때가 되면 아침마당에 모여서 볏짚에 칡넝쿨을 섞어가며 굵고 긴 줄을 꼬다 말고 자신들이 엮고 있는 모포줄이야말로 뭍과 바다를 연결해주는 생명줄이란 생각을 한 번쯤 했을지도 모를 일이다. 그러고 보면, 우리와 마찬가지로 포유류인 고래가 유독 많이 출몰했다는 바다가 코앞에 보이는 포항 바닷가 마을에 탯줄 같은 모포줄을 모셔둔 골맥이당이 남아 있는 것도 우연만은 아닐 성싶다.

얼마나 지났을까, 당집을 뒤로하고 내려와 해안선을 따라 난 모포길과 만나는 곳에서 낚시마트에 들렀다. 우락부락하게 생긴 주인에게 모포줄다리기가 펼쳐질 장소를 묻자, 배꼽마당에서 하지 않겠냐는 난해한 답변만을 들려준다. 배꼽마당이라니, 옛사람들은 동네 한가운데 큰 마당을 그렇게 불렀다고 하지만, 모포줄다리기에 참가하는 마을이 여럿인 만큼 이방인에겐 헷갈리는 답변이 아닐 수 없다. 용기를 내어 다시 한 번 장소를 물었지만 무뚝뚝한 주인은 자신도 잘 모른다는 한마디로 사람을 밀쳐낸다. 답답하다. 새해 첫날이나 음력 팔월 열여섯 날에 있다는 모포줄다리기에 대한 정보만 믿고 무작정 밤길을 달려온 즉흥적인 내 자신이 참으로 한심하다. 어쩌면 사라진 전통 축제일 수도 있고, 어쩌면 다른 날을 잡아 치를 수도 있는데, 나는 어쩌자고 자세히 알아보지도 않고 시동부터 걸었을까. 걷다 보니 해파랑길 표지판이 나온다. 걷다 보니 이 코로나 시국에, 구룡포와 호미곶의 동쪽 마을 사람들과 장기에서 감포까지의 서쪽 마을 사람들이 한데 모일 수 있을 것이라 생각한 어리석음이 우습기까지 하다.

식당도 이제야 문을 연다. 잠시 뒤, 허리가 굽은 할머니 한 분이 기웃대는 나를 알아보고 손짓을 한다. 쪽진 머리에는 비녀까지 꽂고 있다. 문득 돌아가신 내 할머니가 그립다. 내 할머니도 만년까지 숱이 적어진 머리채를 똘똘 말아 올리고 비녀를 꽂으셨다. 자꾸만 쓸쓸해지려는 기분에 괜스레 인터넷 검색을 좀 더 해본다. 모포줄에도 엄연히 암수가 있다. 암줄의 머리맡 쪽엔 커다란 구멍이 있는데, 그곳에 수줄을 넣어 암수매듭을 짓는다고 한다. 남녀의 교합을 상징하는 그런 행위를 '비녀를 꽂는다'라고 부른다는 대목에서 고개를 들어 식당 안을 둘러봤다. 비녀를 하고 있는 할머니가 골맥이 할매의 현현으로 느껴졌기 때문이다. 잠시 뒤 할머니가 마른반찬과 국을 내놓는다. 짜다, 눈물처럼 짜다. 하지만 난 그걸 또 어릴 적 입맛으로 배불리 먹는다.

그새 태양의 고도가 높아져 정수리께가 뜨겁지만, 방파제를 따라 걷는다. 곳곳에서 조사들이 바다 쪽으로 드리운 낚싯대가 보인다. 걸음을 멈추고 쪼그려 앉아서 수면을 멍하니 바라본다. 낚싯줄이 사라진 그곳엔 작은 동심원이 퍼지고 있는데, 그것이 흡사 이제는 눈 씻고도 볼 수 없는 귀신고래의 배꼽 같다는 생각이 든다. 바로 그때, 저쪽에서 덩치 좋은 한 조사가 낚싯대를 재빠르게 감아올리길 시작했다. 줄이 짧아질수록 그 끝에 매달린 조그마한 물고기의 퍼덕임은 거세지고 있다. 그와 동시에 내 배꼽 주변으로 찌르르한 느낌이 번져온다. 어쩐지 세상 모든 배꼽이 슬프다는 생각이 사무친다. 남모르게 흘러내리는 눈물을 훔친다. 짭조름하니 간이 딱 맞는 눈물이다. (2021)

• 골맥이: 영남·강원 등지의 마을 수호신을 뜻하는 '골막이'의
방언.

포뢰를 위한 레퀴엠

태풍 힌남노가 휩쓸고 간 경주와 포항, 무섭게 쏟아진 물폭탄에 천 년 문화재들이 또다시 상처를 입었다. 몇 해 전이 지역을 뒤흔들었던 지진 때에도 큰 피해를 입은 터라, 재난방송을 지켜보는 내내 마음이 편치 않았다. 그 당시 여진을 피해 실내체육관에 빼곡하게 들어찼던 이재민의 텐트들이 여전히 내 눈에 선한데, 왜 하필 이곳에 또······.

우선 내 마음의 안정부터 되찾고 상실감에 빠져 있을 그분들에게도 위안의 안부라도 전하고 싶어 포뢰(Gabriel Faure)의 <레퀴엠>을 오랜만에 틀었다. 눈을 감으니 바람이 몹시 불던 어느 날이 떠오른다. 그때 나는 천 년 역사를 지닌 고딕 성당의 종탑에 올라 몹쓸 생각을 했더랬다. 어느 순간 정각을 알리는 종소리에 비둘기들이 떼 지어 날아올랐는데, 돌연 아찔한 현기증과 함께 삶과 죽음이란 늘 등을 붙이고 있다는 생각에 두 다리가 후들거렸다. 아버지와의 어찌할 수 없는 불화로 지칠 대로 지친 내 마음은 찢어진 작은 종소리처럼 너덜거렸지만, 저 멀리 떠나가는 구름 하나가 어느새 비천상으로 보이더니 가뭇없이 사라져버렸다.

그래서였을까? 마음 밑바닥까지 동심원을 그리며 심금을 울리고는 산 그림자처럼 나직하고도 짙게 되울리는 고향 땅의 범종 소리가 그리웠다. 잠시 뒤, 무릇 세상에서 가장 아름다운 종소리라고 칭송받는 성덕대왕신종의 은근한 맥놀이가 '에밀레, 에밀레…' 애틋한 환청으로 일렁이기까지 했다. 이제는 언제라도 국립경주박물관 서쪽 뜰에 가면 볼 수 있지만, 언젠가부터 마음으로 들어야만 하는 그 종소리가 눈을 감으니 레퀴엠의 마지막 악장에서 이어진 배음으로 들려왔던 것이다.

기록에 의하면 돌아가신 성덕대왕의 안식을 위해 아들인 효성왕과 경성왕을 거쳐 손자 혜공왕에 이르러서야 완성된 종이라던데, 포뢰의 레퀴엠 역시 돌아가신 아버지의 영혼을 달래고자 작곡한 곡이라서 자연스레 떠올랐던 것일까? 아님, 성덕대왕신종을 매단 용뉴 역시 '포뢰(蒲牢)'라고 부른다는 걸 그즈음에 알게 되어서였을까?

천여 년 전, 시주받은 구리 12만 근을 녹여 만든 거대한 에밀레종을 처음 매단 곳은 봉덕사라는데, 1460년에 발생

한 큰 홍수에 절이 수몰되자 영묘사로 옮기게 되었다니 참으로 안타깝다. 물론 제아무리 큰 홍수가 났더라도 그 육중한 범종이 물살에 휩쓸려 바다로까지 떠내려갈 일이야 없었을 테지만, 레퀴엠의 '진노의 날(Dies Irae)' 부분의 멜로디를 듣고 있자니 지금은 사라지고 없는 봉덕사가 과연 어디쯤에나 있었을지 궁금해진다. 오래전 하늘을 찢을 듯이 으르렁대는 천둥번개 속에서 파도가 솟구치고 땅이 가라앉던 날, 종뉴에 매달린 포뢰는 혹시라도 제 자신이 종과 함께 바다로 떠내려갈까 단단히 겁을 집어먹었을 테다.

전설에 따르면 성덕대왕신종을 꽉 붙들고 있는 포뢰 역시 여의주를 물고 있는 신성한 용의 세 번째 아들이라는데, 어쩐 일인지 포뢰는 고래만 보면 소리를 질러대는 겁쟁이였단다. 그런데 참으로 이상하다. 우리 동양인의 집단무의식에 자리 잡고 있는 용이란 비를 다스리는 상상의 동물이건만, 어쩌자고 포뢰는 고래를 모신 사당이기도 했던 봉덕사에서 종과 함께 고래고래 울어댔을까?

어느덧 폭우를 몰고 온 태풍은 물러났다지만, 저물녘에나 홀로 경주박물관의 축축한 뜰을 거닐자니 문득 포뢰와 고래와의 관계가 궁금해진다. 혹시라도 이 수수께끼의 단서가, 성덕대왕의 아버지인 신문왕께서 당신의 아버지인

문무대왕을 위해 외뿔고래의 뿔로 피리를 만들어 불었다
는 옛이야기에 있지 않을까 싶은 생각마저 든다. 그도 그럴
것이 정작 자신은 죽어 나라를 지키는 큰 용이 될 것이라
며, 부디 동해 가운데 있는 큰 바위에서 장사나 지내 달라
는 유언을 남긴 이 또한 문무대왕이었으니 말이다.

　용이 된 할아버지를 두려워하는 손자와 현손, 바다의 고
래가 두려워 범종의 꼭대기에 매달려 울고 있는 포뢰, 그리
고 고래 뼈로 만든 피리로 거친 파도를 잠재워 나라에 평
안을 가져왔다는 전설이 후대에 전하려던 메시지를 지금
에서야 곰곰 생각해본다. 일찍이 일연 스님은 『삼국유사』
에 성덕대왕신종을 이렇게 기록해두었다. "그 모습은 태산
이 우뚝 선 것 같고, 그 소리는 우렁찬 용의 소리 같고, 위로
는 지극히 높은 하늘과 아래로는 지옥에 이르기까지 막힘
이 없이 울린다." 그렇다면 에밀레종의 신묘한 소리는 산
자에게는 위로를, 죽은 자에게는 안식을 주는 서양의 '레퀴
엠'과도 일맥상통한다고 볼 수 있지 않을까 싶다.

　레퀴엠은 본디 '안식'이라는 뜻의 라틴어다. 가톨릭 장
례 미사 중 첫 곡에 해당하는 입당송이 '주여, 그들에게 영
원한 안식을 주소서'로 시작되는데, 그 첫 라틴어 단어인
'requiem'을 빌려 장중한 교회 음악의 한 양식으로 발전되

어온 것이다. 자주 연주되는 여러 유명 레퀴엠이 있지만, 유독 내게 포레의 레퀴엠이 각별해진 이유는 그 곡조가 아름답고 부드러우면서도 그 어떤 혼돈의 상황에서도 내 마음을 누그러뜨려주는 천상의 소리가 담겼기 때문이다. 하지만 지금 내 마음을 다스리기에는 아무래도 포레의 레퀴엠만으로는 부족한 듯하여, 핸드폰을 뒤져 성덕대왕신종의 소리를 찾아 틀어놓고 이어폰으로 듣고 있다.

노을 붉은 저녁, 태풍 힌남도가 할퀴고 간 수마의 상처가 경주와 포항 곳곳에 남아 있는데, 또 다른 태풍 난마돌 소식이 들려온다. 부디 이번엔 태풍이 한반도를 빗겨가기를 바라는 마음이 간절하지만, 오늘내일이 고비란다. 바람결에 포뢰의 '미제레레'가 '에밀레'로 들리는 것만 같다. 부디 오늘 밤엔 딱 한 번만이라도 저 에밀레종, 아니 성덕대왕신종이 나를 위해 울어주면 좋겠는데, 그새 짙은 어둠이 내려 종루의 형상마저 가려버렸다. 일반적인 종은 십여 만 번을 쳐대면 제 수명을 다한다지만, 이 종은 이천 하고도 사백만 번 넘게 쳤어도 지금껏 건재하단다. 과연 오늘밤 누가 나 대신 당목을 잡고 종과 함께 포뢰를 울릴 수 있을까? 불안한 태풍 전야, 이어폰 바깥의 바람 소리마저 어느덧 '미제레레, 에밀레'로 들려오건만. (2021)

피리 소리가 달빛을 감아올려

어디서 피리 소리가 들려온다. 첨성대 옆에 마련된 무대 위에도 조명이 들어온다. 신라기원 이천칠십육 년 기해년 음력 구월 보름달이 휘영청 뜬 저녁이다. 옛 신라 땅 서라벌을 밝게 비추던 달빛은 천 년이 지나도 그대로인데, 신라인들이 지어 부른 향가는 바야흐로 노래로 부를 수 없는 노래가 되어버렸다. 세월이 흐르는 동안 악곡을 잃어버린 까닭이다.

문득 어둑살* 같은 피리 소리에 구름 사이를 지나던 달도 멈춰 섰다. 이윽고 스물일곱 번째 월명재가 시작되었음을 알리는 북소리가 둥둥 울린다. 그와 동시에 어디선가 나타난 붉은 치마저고리 차림의 여인네들이 꽃바구니와 향로를 들고서 무대 한가운데 차려놓은 제상으로 향한다. 그 옛날 산화(散花) 노래를 지어 부른 월명 스님도 홀연히 찾아와 무리 중에 계실 것만 같은 엄숙하되 신비로운 분위기이다. 이렇게 예를 갖춰 치른 육법공양 뒤로 위원장의 추모사가 시작되었다. 그와 동시에 내 심장도 두방망이질치기 시작한다.

몰랐다. 몇 해 전부터 시를 끄적거리기 시작했지만, 내 안에서 불쑥 튀어나온 시구들이 '처용'의 헛헛한 외로움에 공명하는 노래가 될 줄은 미처 몰랐다. 4구체니 8구체니 혹은 12구체니 하는 향가의 형식은 고사하고, 『삼국유사』에 실린 대다수의 향가들조차 고려 후기에 이르러서야 기록으로 남게 되었다는 것조차 잊고 지냈다. 향가(鄕歌)라는 이름이 보여주듯 신라인의 마음이 담긴 노래일진데, 천 년의 세월을 건너뛰어 미욱한 초짜 시인의 입 밖으로 술술 풀려 나오던 천 년 전 서라벌 민요조의 가락은 과연 누구의 것일까? 고백하건대 이 자리까지 날 불러들인 것의 정체는 처용이었다. 마치 무언가에 홀린 듯이 쓴 한 편의 시 「처용무」가 월명문학제의 당선작이 될 줄은 꿈에도 몰랐으니까.

잠시 뒤에 헌시를 낭독해야 하는데도 불구하고 잠시 나는 이런저런 상념에 젖어들었다. 할아버지가 손녀딸에게 지어주신 이름에서 가운데 한자를 풀어 '월령(月슈)'이라는 필명으로 바꿔 시 쓰는 내 분신에게 건네준 행위는, 그 옛날 향가를 기록한 향찰을 떠올리게 했다. 비록 그것이 한자를 빌린 것일지라도 중국 사람조차 그 뜻까지 헤아릴 수 없다는 향찰, 그래서인지 내가 이제껏 내 분신의 이름을 그 누구에게도 밝히지 않아왔던 것만큼이나 주술적으로 느껴졌다. 공교롭게도 바로 그 순간 「도솔가」를 해제한 설명이 내 귓가에 꽂힌다. "오늘 여기에 꽃 뿌리며 노래 부르니, 뿌린 꽃이여, 우리의 재앙을 물리쳐주십시오"라는 대목이다. 고개를 들어 무대 위 조명 빛을 무색하게 만드는 보름달을 올려다봤다. '나는 갑니다'라고 한마디 말도 못 하고 가버린 사람이 어디 월명 스님의 어린 누이뿐이었을까? 월명 스님도 입적할 때는 그러하였을 테고, 세 번씩이나 죽음의 문턱까지 다녀온 내 여동생도 어쩔 수 없이 가야 할 때가 되면 어디로 가겠노라 이르지 못할 것이다.

돌연 바람이 불어 소스라뜨린 나뭇잎들이 흐느낀다. 그 위로 처연하게 들려오는 「제망매가」를 낭독하는 남자의 낮은 목소리가 더해진다. 나중에서야 알게 된 사연이지만, 그 목소리의 주인공은 제 몸속의 암과 동행 중이라 했다. '동행'이라니, 내게 하나뿐인 여동생도 오랜 동안 난치의 병을 앓았기에 더욱 숙연해진다. 어즈버*, 정신 줄을 잡고 무대에 올라가 '신라 귀신도 나오너라' 외치며 주문을 걸어야 할 시간이 왔다.

달 밝은 밤에 신라의 밤에 살풀이하듯 내 시를 읊고서야 무대에서 내려오니, 마당 가득 모인 사람들의 손에는 화선지로 만든 등이 하나씩 들려 있다. 그리고 내 손에도 하나. 잠시 뒤 대금 소리가 다시 흐르기 시작하자 선두가 먼저 향한 첨성대로 앞자리부터 차례대로 줄지어 이동했다. 그런 다음 전체가 커다란 하나의 둥근 원을 그리며 저마다의 기원을 품고 달빛밟기를 시작했다. 무리 중에는 달빛 어스름 속에서도 알아볼 수 있을 정도로 얼굴 윤곽이 또렷한 회회아비도 끼어 있다. 필시 서양 사람이 분명한데, 그는 과연 어디서 무엇에 이끌려 여기까지 왔을까? 그와 난 또한 어떤 인연이기에 한 원을 이루어 돌고 있을까?

첨성대 주위를 은은한 빛으로 비추는 달무리처럼 한 바퀴 돌고 두 바퀴 돌고 외로운 사람들끼리 옷깃을 스치며 돌다 보니 달밤도 한결 그윽해진다. 가을밤에 가까이에서 본 첨성대는 보름달이 언젠가 몰래 착륙할 신성한 거치대처럼 보인다. 월명 스님이 피리를 불어 달을 멈춰 세우면 항아님이 달의 뒷면에서 살포시 첨성대로 빠져나와 반월성까지 거닐었을 것만 같다.

얼마 뒤, 이슬 내린 솔숲 내음을 맡으며 첨성대를 뒤로하고 월지로 향하는 길, 천 년 전 서라벌은 달을 모시는 도시

였으리란 추측을 하게 된다. 내딛는 내 발걸음 걸음마다 달빛이 환하다. '월령아' 하고 나직이 불러본다. 피가 가려워진다. 발걸음도 덩달아 가벼워진다. '아느냐, 너는 신라인이다. 신라 여왕의 피를 물려받았으니, 보름달이 뜨면 자연스레 노래를 지어 부르게 되는 거란다. 그것이 우리의 노래, 향가란다.' 달빛에 취한 것일까? 혼잣말을 하면서 나 홀로 킥킥거릴 정도로 많이 들떠 있다.

사실 향가를 부르면 괴이한 일이 생긴다고 말한 사람은 일연 스님이다. 그는 향가를 두고 능감동천지귀신(能感動天地鬼神), 이른바 천지를 울리고 귀신을 울릴 수 있는 힘을 가진 노래라고 평했다. 그러니 달을 사랑한 월명 스님이야말로 낭도승이라 하겠다.

또다시 적적한 피리 소리가 들려온다. 동궁이 감싸 안은 월지에서는 먼저 도착한 달이 날 기다리고 있었다. 서둘러 연못가로 내려가서 굵은 가지 하나가 물 쪽으로 휘어진 소나무 기둥에 기대선다. 여기서 「도솔가」를 부를까, 「제망매가」를 부를까, 머뭇거리는 사이 퇴장 시간을 알리는 안내방송이 들려온다. 아쉽지만 이제는 나도 천 년 전 서라벌에서 빠져나와야 할 시간이다.

아, 누구의 피리 소리일까? 어즈버, 보름달인 양 둥근 등

하나 손에 들고서 첨성대를 돌던 때가 천 년 전 시월의 보름밤 같은데, 이 밤엔 누가 또 도솔천을 건너가려 하는가? 낙엽이 노잣돈인 양 바람에 날리지만, 항아도 먼 길 가지 못하고서 황금빛 치맛자락을 걷고 찰방찰방 물소리로 곡조를 맞추고 있는데……. (2021)

●
어둑살: '땅거미'의 경남 방언.
어즈버: '아'의 옛말.

강철무지개가 걸린 가야금

바람이 분다. 태평양에서 불어오는 강풍에 금문교 다리가 휘청인다. 가느다란 철사 다발로 엮은 와이어로프에서 귀기 서린 철가야금 소리가 들린다. 휘모리가락으로 몰아치는 바람은 늘 이곳에 와서는 여러 갈래로 쪼개진다. 오늘도 물살은 살풀이를 하고 바다는 울고 있다. 덩달아 내 눈이 시큰거린다.

만년에 이국의 아들 집으로 가신 내 외할머니는 외로움과 적막함을 달래기 위해 가야금산조를 틀어놓고 지내셨다고 한다. 열두 줄 명주실 가야금의 고졸한 소리를 즐기신 게 아니라 열다섯 줄의 철사로 된 현이 달린 철가야금의 찢어질 듯한 소리에 마음을 내맡기셨다고 한다. 그런데 나는 그 이유를 묻지 않고도 짐작할 수가 있다.

막내딸인 엄마에게는 스무 살 남짓 나이 많은 언니가 있었다. 내 돌에도 가야금을 연주해주었을 만큼 우리 가락에

117

능한 예인이었다고 한다. 한복을 곱게 차려입고 치마 위에다 가야금을 걸치고서 왼손으로 안족을 짚어가며 오른손으로 줄을 튕기던 그 모습이 하도 고와, 엄마는 언니의 유품이 되어버린 가야금을 세 대나 챙겨두었다. 지금은 내 집에 있게 되었지만, 사실 그중 하나는 큰딸을 여읜 외할머니를 따라 샌프란시스코에 가 있었다. 꽤 오랜 시간 아무도 타지 않아 쇠로 된 현이 삭고 오동나무 판에 매달린 안족도 뒤틀려버렸지만, 할머니는 그 가야금을 큰딸의 영혼을 담은 관쯤으로 여기고 계셨는지도 모를 일이다.

어릴 적 외할머니가 우리 집에 들르실 때면 으레 내 방에 묵으셨다. 백내장이 있으셔서 늘 거즈수건으로 눈곱을 떼어내셨는데, 지금 와서 생각해보니 당신은 울고 계셨던 것 같다. 할머니가 내게 건넨 카세트테이프에는 가야금 연주곡이 담겨 있었다. 일찍부터 서양 클래식 음악을 접하고 지냈던 내게 할머니가 즐겨 듣던 우리 음악은 단조롭고 청승맞게 들렸다.

그러던 어느 날인가 그 테이프의 겉껍질을 보았다. 뿔테 안경을 쓴 한복 차림의 아주머니가 가야금을 타는 사진이 꽤 인상 깊었다. 그분이 내 큰이모가 아닌 건 알면서도, 어린 마음에 할머니의 눈물주머니를 건드리지 않을 요량으로 돌아가신 이모에 대해서는 일절 묻지 않았다. 어느샌가 '또르릉, 띠용 띠용, 띠띠, 띠요옹'으로 들리는 대목에서 훌쩍이는 소리가 섞여 들려왔다. 할머니가 거즈 수건으로 눈 부위를 닦아내고 있었다. 내 귀엔 쟁글쟁글한 고음을 슬쩍 흘려 내리며 미끄러뜨리는 것 같은 철가야금 줄 특유의 농현 기법이 할머니의 심금을 울렸으리라.

훗날, 헤비메탈을 좋아하는 친구를 사귀게 되었을 때, 그의 전자기타의 스트링 역시 금속성 재질로 되어 있단 걸 알게 되었다. 하지만 인공적인 울림이 있는 기타 줄은 한 음에서 다음 음으로 연결될 때의 소리를 곡선으로 유연하게 넘겨주지 못했다.

외할머니가 마음속에서 눈물방울이 떨어지는 것 같다고 말했던 그 가야금 곡의 제목도 그즈음에야 제대로 알게 되었는데, 신기하게도 <눈물이 진주라면>이었다. 당장이라도 무너질 것 같은 한숨을 속으로 꼭꼭 눌러두었지만 기어이 눈물방울로 또르르 흘려버리는 서늘한 청량감이 전자기타에는 부재했다. 철가야금의 쇠줄을 튕기는 소리가 중모리에서 중중모리로 넘어갈 때의 나긋나긋하면서도 둥글게 감치는 울림은 자그마한 수은 알맹이들이 또르르 흘러 내려 액체인 듯 고체로 뭉치는 과정을 연상시키기에 충분하다. 달리 비유하자면, 하나의 선율이면서도 하나인 것 같지 않은 '시김새'란 연주 기법이 허공에 강철무지개를 그려내고 있다고도 할 수 있겠다.

바람이 분다. 바람의 신이 여기 와 있다. 나는 어느 결엔가 눈에 보이지 않는 그가 내 곁에 와 있다는 걸 빨랫줄처럼 축 늘어져 있는 와이어로프를 거칠게 뜯어대는 소리로 확인할 수 있었다. 문뜩문뜩 무거운 와이어로프를 떠받들고 있는 금문교의 강판이 가야금의 단단한 울림판 같다는 생각이 드는 것도 외할머니 덕분이다. 지금 저 커다란 철가야금을 뜯고 있는 악사는 밀당의 고수이다. 그가 손을 허공으로 쳐올리면 숨죽임이 찾아왔다가 손을 당기고 튕기면 파도가 밀려든다. '철썩, 철썩, 척 쏴아아', 쇳가루가 자석에 끌려다니는 것만 같더니, 이내 안개가 걷히고 반원의 무지개가 수평선에 비껴 걸린다. 그 모양새가 철의 왕국이라던 대가야의 봉분 모양을 닮았다. 또한 망국의 한을 갈데없이 곡선의 소리 속에 가두어둘 수밖에 없었던 우륵의 만년을 떠올리게 해준다.

강철을 휘어 하늘과 맞닿게 선율을 만들어내는 기예는 어지간한 힘이 없으면 불가능한 장인굴곡(長引屈曲)의 세계에 속한다. 그런 예술은 둔하고 뻣센 감각도 예리하고 부드러운 물성으로 바꿔놓는 단련의 경지에서만 가능하다. 그래야만 죽음으로 육박하는 칼칼한 소리를 품고 있는 차가운 물성의 철광석도 천 년의 쇠꽃을 피우는 생명체로 부활할 수 있다.

오랫동안 내 집에 가야금이 있었음에도 불구하고 나는 지금껏 가야금을 배우지 않았다. 가야금을 배울 기회가 없어서가 아니라, 가야금에는 기막힌 슬픔이 일상을 짓눌러도 겉으론 비통하지 않은 척해야만 했던 내 외가의 굴곡진 사연이 담겨 있다고 여겨온 탓이 크다. 어지간해서는 내 방 한쪽 벽에 기대 서 있는 그 세 대의 가야금에 시선을 두지 않으려는 것도 외할머니나 큰이모의 영혼이 깃들어 있다고 생각하기 때문이다.

만년의 외할머니는 하염없이 <눈물이 진주라면>을 반복해서 들으셨다고 한다. 그것도 명주실로 곱게 짠 매화나 도화를 꽃 피우는 따뜻한 소리가 아니라, 서늘한 그늘을 동반하는, 가는 쇠줄로 짠 저승꽃이 뚝뚝 대궁 채로 떨어지는 소리로 즐겨 들으셨다고 한다. 하지만 스스로의 죽음을 미리부터 예감하고 계셨을 당신의 부음을 듣고서도 당시 대학생이었던 나는 애석하게도 장례식에 함께할 수 없었다. 외할머니를 태평양에 보내드린 그날은 뿌연 안개 속에 새벽빛이 푸른 얼굴을 드러낼 때서야 비로소 바람도 찾아와 크게 울었다는데…….

언젠가부터 나는 외할머니가 그리울 때면 다 늘어진 테이프를 다시 CD에 녹음한 <눈물이 진주라면>을 틀어놓고 당신을 보내드린 금문교 언저리의 풍경을 그려본다. "너는 나처럼 갇혀 살지 말고, 글도 배우고 넓은 세상을 훨훨 날아다니렴"이라고 말씀해주시던 할머니가 내 몽땅연필로 그리셨던 여백이 가득했던 그림. 그 한 장의 그림 속으로 어김없이 등장하여 현수교의 와이어로프를 연주하는 바람의 신이 우륵이라면, 나는 다음 세상에서는 그의 아내가 되고 싶다는 욕심도 살짝 내본다. 잠시 뒤, 내 무의식의 심연으로 번지는 동심원 안쪽에서 물빛이 반짝인다. 이내 진주가 된 눈물이 또르르 굴러가는 소리 또한 들려온다.

철가야금 소리, 누군가 그것을 우연찮게 듣게 되더라도 변신의 귀재인 철이 감추고 있는 비밀스러운 모습까지는 볼 수 없을 것이다. 하지만 스쳐 지나가는 쇠줄의 떨림으로 자신의 존재를 넌지시 알리는 바람 신의 모습이 궁금하다면, 당신은 시나브로 철이 든 것이다. 당신이 얼마나 단단한 성정을 지녔든, 누구나 만년에는 강철보다는 연철의 정신이 필요하다는 걸 철가야금이 만들어내는 둥근 선율을 통해 뼈저리게 느껴보길 권한다.

　아, 다시 바람이 분다. 눈이 시큰거리더니, 금세 단단한 눈물 한 방울로 변해 또르르 흘러내린다. 아아, 그러나 이것은 열다섯 가야금 쇠줄에서 튕겨져 나온 소리의 사리일 뿐. 나는 슬퍼도 비통하지는 않다. (2022)

애월 바다에 해월이 떠오르면

아주 오래전 섬에는 두 개의 달과 두 개의 해가 있었다. 천지가 개벽하여 하늘과 땅이 갈라지니 먼저 하늘에 별이 생겨나고 곧이어 해와 달도 둘씩이나 생겨났다고, 제주의 창세신화인 '천지왕본풀이'는 전하고 있다. 해와 달이 하나뿐인 오늘날도 지구온난화의 문제로 골머리를 썩는데, 그 옛날 해와 달이 둘씩이나 있던 시절에는 오죽 더웠을까. 하여 세상의 질서를 다잡고자 천지왕은 맏아들인 대별왕으로 하여금 그 능숙한 활 솜씨로 해와 달을 쏘아 하나씩만 남겨두게 하였다는데, 과연 이 이야기를 우리 선조들이 다소 과한 상상력으로 만들어낸 신화로만 가벼이 넘길 수 있을까?

여름날의 저물녘, 제주 북쪽에 위치한 애월 바닷가를 거닐다 보면 해수면에 어른거리는 보름달을 볼 수 있다. 그것도 하나나 두 개가 아닌, 셀 수 없이 많은 달이 바다는 물론

이고 모래사장까지 넘보는 경이로운 광경을 목격할 수 있다. 다름 아닌 정약전이 우리나라 최초의 해양생물 백과사전 격인 『현산어보』에서 '해월(海月)'이라 이름 붙인 바다의 달, 해파리들이다. 오래전 바닷가 유배지에서 정약전은 눈도 입도 없는 것이 치마를 드리우고서 헤엄친다며 의인화까지 하며 기록해두었지만, 내 눈에는 영락없이 SF영화에서 흔히 볼 수 있는 미확인비행물체로 보일 따름이다. 우윳빛 반투명 낙하산을 펼치면 그야말로 원반 모양이 되는 해월이 무리 지어 상륙작전을 펼치는 해안가 풍경을 가만히 보고 있노라면, 그 흐느적거리는 몸짓에 홀려 어느새 몽롱해진다. 하지만 정신을 바짝 차리고 경계태세를 갖춰야만 한다. 넋 놓고 있다 부지불식간에 놈들의 촉수에 쏘이면, 심한 경우엔 호흡곤란을 동반한 아낙필락시스 쇼크에 빠질 수 있기 때문이다.

오늘도 애월 바다에는 무수히 많은 달이 떴다. 바다의 달, 해월이다. 이름도 어여쁜 보름달물해파리가 우리 남쪽 바다에 출몰한다는 소문이 돌기 시작한 이후로 해수욕을 하러 멀리서 찾아온 피서객들이 몸을 사리기 시작했다. 비키니 차림의 한 아가씨는 손으로 만졌다가 촉수에 쏘였다며 호들갑을 떨고, 호기심 많은 아이들은 모래 위로 불시착

한 놈들을 작대기로 뒤적이다가 화들짝 놀라곤 한다.

하지만 모래사장에 쫙 펼쳐놓은 낙하산 모양의 반투명한 몸 그 어디에서도 심장이나 뇌를 찾아볼 수 없는 이 미지의 생명체는, 알고 보면 우리 인류가 탄생하기 훨씬 이전인 선캄브리아기부터 우리 행성의 바다를 누비던 족속이다. 정작 달 표면에 인류가 첫발을 내딛은 사건이 지금으로부터 반세기 전이었던 것에 비하자면, 까마아득한 옛날이라 하겠다. 대별왕이 쏘았다는 화살에 맞아 바다로 추락한 달의 세포가 무성생식을 거듭하며 신화의 시절을 지나 오늘날의 '해월'에 이른 것인지도 모를 일이다.

전혀 과학적이지 않은 추측이라고 함부로 단정 짓지는 말자. 그도 그럴 것이 2011년 8월에 발표된 <네이처>의 논문에 따르면, 수천만 년 동안 지구에는 두 개의 달이 떠 있었다고 한다. 원시 태양계의 행성들 간에 있었던 대충돌의 여파로 생겨난 두 개의 달이 또한 어느 순간에 서로 충돌해서 결국엔 매일 밤 우리가 바라보는 달만 덩그러니 남게 되었다는 가설이다. 얼마 전 쏘아 올린 달 탐사궤도선 '다누리'가 달의 바다(진짜 물이 있는 바다는 아니지만)에 살고 있는 생명체를 발견하고 자료를 보내줄 날도 곧 있으리라 생각한다. 그리되면, 그 생명체와 지구상에 존재하는 무수히 많은 종의 해파리를 비교해서 달과의 연관성을 밝혀낼 수도 있을 테다.

하늘에 붉은 노을이 물들기 시작할 때면 보름달물해파리 무리도 한꺼번에 수면으로 떠올라 달맞이 준비를 한다. 마치 한가위 보름달을 보러 몰려드는 인파처럼 따뜻한 바닷가로 앞다퉈 상륙한다. 최근 들어 아열대성 바다로 변해가는 우리나라 남해안은 그들 사이에서도 인기가 높다. 수온이 높아질수록 해파리의 박동수가 증가하고 움직임도 활발해진다고 한다. 육지의 무더위를 피하기 위해 제주 섬으로 피서객들이 몰려드는 시기와 정확하게 겹쳐, 오늘도 애월의 바닷가는 한밤에도 왁자지껄하다.

그런데 저 멀리 바다 위에서 저인망 그물을 끌어 올리는 어선들에서 한숨 소리가 터진다. 잡혀야 할 고등어나 전갱이는 보이질 않고 거대한 큰덤불해파리가 그물 한가득이다. 우산처럼 생긴 몸체의 직경이 무려 60~70센티미터에 이르는 해파리가 끈적이는 액을 뿜어내어 그물에 엉겨버렸다. 심지어 대형 선박의 밸러스트수에 빨려 들어간 폴립 상태의 덤불해파리들은 짧은 시간 동안에도 놀랍도록 거대해져 말썽을 부린다.

노무라입깃해파리라고도 불리는 이 큰덤불해파리는 거

대한 우산 안쪽으로부터 구완이라는 뿌리 같은 것이 양 갈래로 내려져 있고, 구완을 둘러싼 빽빽한 촉수 밑으로는 끈 모양의 부속기가 가늘고 긴 잔뿌리처럼 달려 있다. 그 거대한 몸집으로도 최대 0.3노트의 속도로 이동하는 녀석들이 제 몸에 붙어 있는 우산을 펼치고 부속기를 흔들며 수면 위로 솟구쳐 오를 때는 그야말로 핵구름이 자동적으로 연상된다. 그래서일까, 녀석들에게 붙여진 별명이 '포탄해파리'란다.

애월 바닷가를 거닐다 보면 위험 경고를 알리는 안내판을 자주 보게 된다. '노무라입깃해파리 출몰 구역'이라 쓰여 있지만, 정작 바다가 그리웠던 사람들은 겁도 없이 바닷속으로 풍덩풍덩 몸을 담근다. 이 섬의 낮 동안에는 이글거리는 태양을 피해 바닷속으로 숨어들지만, 저들은 일몰 뒤 본격적으로 떠오를 달들이 잠복 중인 걸 정녕 모르는 걸까?

나는 땀이 비 오듯 쏟아지는 여름날이면 해파리냉채를 곧잘 먹는다. 톡 쏘는 겨자 소스에 눈물이 찔끔 날 때도 있지만, 가느다랗게 채를 친 해파리는 꼬들꼬들 씹히는 맛이 일품이다. 그래서 이따금씩 우리 바다의 우점종이 되어버린 보름달물해파리와 이름도 요상한 노무라입깃해파리들을 잡아다가 모두 냉채로 만들어 먹어버리면 어떨까 하는 엉뚱한 생각도 가끔씩 해본다.

하지만 정작 보름달물해파리는 흐물흐물해서 맛이 떨어지고 큰덤불해파리과에 속하는 작은덤불해파리는 식용은 가능하지만 그보다는 점액질에 함유된 뮤신을 건강보조식품으로 가공하는 방안을 연구하고 있단다. 뮤신, 이것은 뇌도 심장도 없는 해파리가 뿜어내는 항균, 보습 효과가 높은 당단백질이다. 큰덤불해파리 3톤이면 1킬로그램의 추출도 가능하다고 하니, 해파리의 활용법도 좀 더 궁리해봄직하겠다.

심해의 물속에서 야광 빛 광채를 뿜어내며 유영하는 아름답고도 불가사의한 해파리. 그러나 더러는 강한 독성을 지닌 촉수로 사람 목숨도 앗아갈 수 있는 무서운 존재다. 그런데도 그런 해파리를 위해 일부러 집 안에 수족관까지 만들어놓고 넋 놓고 바라본다는 사람들이 있다. 그들은 대체로 피아니스트 혹은 발레리나와 같은 예술을 업으로 삼고 있는 사람들로, 리드미컬한 해파리의 움직임을 바라보며 마음의 긴장을 이완시키고 평정심을 얻는다고 한다.

그 옛날 하늘에 뜬 보름달을 올려다보며 마음을 달랬듯 마음의 병을 치유하는 것이 그 어느 때보다 중요해진 요즈음, 물속에 떠다니는 또 다른 달인 해월을 감상하는 것만으로도 심리적 안정을 얻게 해준다는 '해파리 테라피'는 또 다른 블루오션이 아니랄 수 없겠다.

그나저나 물놀이의 재미에 푹 빠져 주변을 살피지 못할 때를 노려, 물밑에서 쓰윽 올라오는 거대한 해파리라니! 흐느적거리는 촉수와 부속기들에서 내뿜는 야광 빛을 보고 있자니, 문득 히로시마에 투하되었던 원자폭탄의 섬광 같다는 생각이 들어 섬뜩해진다. 하물며 나날이 더워지고 있는 지구의 온난화가 심상치 않다. 당장이라도 우리 모두 오존과 프레온가스의 사용량을 줄이지 않으면, 갈수록 심각하게 더워지고 있는 이 지구상에서 사람이 살 수 없게 될 날도 멀지 않다는 '5℃의 경고'도 온몸으로 체감되기 시작했다.

보름달이 두둥실 떠오른 오늘 밤에도 애월에는 달이 두 개다. 하늘에 뜬 달과 바다에 비친 달! 아니, 엄밀히 말해 두 개가 아니라 셀 수 없이 많은 달로 무성생식할 태세다. 밤새 밀려오는 파도를 타고, 낮 동안 바닷속에서 자가 분열을 했을 해월들이 해안 상륙의 기회를 노리고 있다.

아, 무서워라! 빠르게 아열대로 변해가는 우리 연안 바다를 거대한 큰덤불해파리가 메꾼 날, 그날을 상상하고 싶지는 않지만 대비해야만 한다. 그때가 되면 제아무리 백발백중의 실력을 가진 대별왕도 해월을 모두 쏘아 맞춰 없앨 수 없는 노릇이다. 인류보다 훨씬 긴 역사를 지닌 바다의 달, 해파리는 결국 이 지구상에서 사람들이 사라진 뒤에도 끈덕지게 살아남을 테니까. (2022)

숨골

초록빛이 얽히고설켜 있다. 한여름 숲속은 싸늘하고 적막하다. 환상의 숲, 곶자왈. 올해 들어 잦은 제주행이지만, 이번엔 아무런 계획도 없이 오로지 아버지와의 갈등을 피해 왔기에 마음까지 스산하다. 정작 숨 돌릴 곳, 아니 잠시라도 숨어 있을 곳이 필요해 찾아왔지만, 입구 쪽에서 어슬렁거릴 뿐이다. 이리 꼬이고 저리 엉키며 자라나는 나무들과 돌투성이 사이를 꼬물거리며 덮치는 이끼류를 보자, 혼자 들어갈 엄두가 나지 않는다. 곶자왈의 '곶'은 숲을 뜻하고 '자왈'은 덤불을 뜻한다지만, 스스로를 보호하기 위해 잎 대신 가시를 키워온 가시낭* 탓인지 숲속은 상처받고 어수선한 내 마음을 그대로 반영하고 있는 듯하다.

코로나 시절, 먼 곳을 찾아 떠날 수 없어 제주로 왔다. 하지만 이곳 역시 빙하기와 간빙기를 거치면서 뭍에 붙어 있다 따로 떨어져 섬이 된 곳이다. 게다가 한라산 중산간에 숨어 있는 이곳은 도처에 깔려 있는 구멍이 숭숭 뚫린 화산 송이들이 수분을 적당히 품어내어 녹색의 피난처를 제공해주는 자연 함몰지이다.

태양이 정수리를 달구기 시작한 정오 무렵, 등산화 부리가 빽빽한 원시의 밀림에 첫발을 들이민다. 되돌아갈 수 없어 용기를 내었지만, 문명에서 야생으로 들어가는 좁은 통로에서는 어깨까지 움츠러든다. 천천히 걸어도 한 바퀴 돌아 나오는 데 채 한 시간이 걸리지 않는다는 안내문을 읽었음에도 비바리뱀이라도 만나면 줄행랑이나 칠 수는 있을지 의심스러워 등골까지 오싹해진다.

바로 그 순간 등 뒤편에서 사람의 목소리가 들려온다. 그중에는 깔깔거리는 어린애의 명랑한 웃음소리까지 뒤섞여 있다. 점심식사 때라 탐방 팀이 없을 것이라는 매표소 직원의 귀띔과는 달리, 인솔자를 앞세운 예닐곱 명이 씩씩하게 가시덩굴을 헤치며 들어서고 있다. 그들 팀에 합류하고 나니 비로소 안심이 된다. 온몸의 감각을 날카롭게 세우고 있던 내 몸도 긴장이 느슨해지자 호흡 끝에서마저 향긋한 풀내음이 딸려오는 게 느껴진다. 이윽고 제주 토박이라는 인솔자가 사람들을 빙 둘러 세우며 눈을 감고 소리에만 집중하라고 한다.

얼마나 지났을까, 처음 들어보는 새의 노랫소리가 들려온다. 또 얼마나 지났을까, 나뭇잎을 스치고 지나가는 바람의 소리까지 들리는 듯싶다. 다시 눈을 떠보니, 이번엔 음지뿐인 줄 알았던 곶자왈에도 양지바른 곳들이 곳곳에서 보이기 시작한다. 키 큰 나무의 줄기들과 돌 틈에서 자라나는 지표식물의 앙증맞은 이파리에도 섬광 같은 빛줄기들이 내리꽂히고 있는 따사로운 풍경이다.

그가 다시 나직하게 말한다. 이제부터는 한 걸음 한 걸음 살포시 내디뎌 달라고, 우리는 손님으로 왔을 뿐이니 이 숲에서 살아가는 온갖 동식물의 낮잠을 깨우지 말라고 당부한다. 그 순간 아픈 엄마가 떠오른다. 아버지와 나 사이에서 큰소리가 오가는 동안 모든 게 당신 탓이라며 마른 침을 삼키던 팔순 노모의 괭한 눈빛이 떠오른다. 걸핏하면 역정을 내는 아버지와 더 이상 참을 수 없다며 씩씩거리는 내가기 싸움을 벌이던 살벌한 광경이 아른거린다.

사실 시집 못 간 맏딸이기에 본가로 다시 들어가게 되었지만 함께 살아가는 나날은 불협화음의 연속이었다. 그런 난 초면의 사람들에게까지 내 불안한 표정을 들키기 싫어 고개를 쳐들고 키 큰 나무들의 우듬지가 가려놓은 숲의 틈새로 하늘을 쏘아보고 서 있었다. 하지만 풍경은 마음을 닮는지, 가지 사이사이로 드러나는 조각 난 쪽빛 하늘마저 어룽져 있다.

잠시 뒤 다시 고개를 숙이고서 인솔자가 가리킨 바위로 시선을 옮겼다. 지난해 태풍에 쓰러졌다는 나무의 거대한 뿌리들이 그 바위를 온통 감싸 안고 있었다. 금세 애잔한 기분이 든다. 얼핏 보기엔 어디까지가 나무이고 어디서부터가 돌인지도 잘 구분되지 않았지만, 아픈 엄마가 쓰러지면서까지 딸을 보호하려던 마음처럼 읽혔기 때문이다.

흙 대신 돌에 뿌리를 내릴 수밖에 없는 척박한 곶자왈 환경에서도 나무들은 나름대로 적응하는 방법을 찾아낸 것이련만, 몸통을 친친 감고 올라가려는 콩짜개덩굴에게도 공존의 터를 내어주는 걸 보니 숙연해지기까지 한다. 애초에 태어난 곳이 이곳이라 부드러운 흙에 뿌리를 내리는 편안함을 얻지는 못했지만, 그럼에도 불구하고 빗물을 머금고 있는 현무암으로부터 수분을 빨아들일 수 있으니 충분하다 여겼을 테다. 바위의 입장에서도 마찬가지로 나무뿌리가 사정없이 자신의 몸을 파고드는 고통을 견뎌낸 세월이었을 테다.

문득 숲이 가족과 같다는 생각을 하게 된다. 늘 좋은 게 아니라 서로 상처를 주면서도, 서로 보듬어주는 그런 가족의 모습과 조금도 달라 보이질 않는다. 심지어는 뿌리가 파고든 좁은 틈마저 팽창하며 갈라져 쪼개지기까지 했을 텐데, 자기희생의 대가를 요구하지 않는 돌의 마음이란 게 누구의 마음을 닮았을지, 문득 궁금해지기까지 한다.

어느새 곶자왈이 엄마의 자궁처럼 포근하게 느껴진다. 처음엔 발 들여놓기조차 두렵고 낯설던 이 숲이 돌연 친숙한 공간으로 바뀌게 된 것은 전적으로 인솔자의 안내로 내려간 숨골 덕분이었다. 표준어로는 풍혈지라고 한다던가? 아무튼 제주말로 '숨골'이라는 이 숲속의 비밀스런 함몰지에는 이름도 처음 들어보는 좀나도히초미, 골고사리 등의 북방계 지표 식물들과 개톱날고사리, 큰봉의꼬리, 더부사리고사리와 같은 남방계 식물들이 공생하고 있단다. 게다가 숲이 사계절 내내 고른 온도와 습도를 유지할 수 있게 된 것도 바로 이 숨골에서 내뿜는 공기 덕분이라니, 그새 머쓱해진 나는 다른 사람들이 하나둘 자리를 뜬 뒤에도 홀로 남아 깊은 날숨과 들숨을 번갈아 쉬어본다. 숨골이라니, 혼잣말까지 하며 가만히 내 정수리를 만져본다. 그렇게 내 머리 꼭대기에 있었을 또 다른 숨골인 대천문을 찾아보려 하는데, 흔적마저 만져지지 않는다.

하지만 그곳은 엄마의 몸에서 막 나온 갓난애가 첫 숨을 터트리고 난 뒤에도 한동안 열려 있는 신체기관이다. 아직 말랑말랑한 전두골과 두정골 사이에 위치하고 있는, 말하자면 폐호흡이 미숙한 신생아들의 첫 숨구멍이다. 그래서일까? 아이가 젖을 달라고 울 때는 그 부위가 팔딱팔딱 뛰는 것처럼 보이기도 한단다.

숨골이라니, 잇바디 사이로 뜨거운 한숨이 새어 나온다. MRI 사진을 보며, 엄마의 뇌가 많이 쪼그라들었다고 건조하게 말하던 의사의 말투까지 떠올라 울컥해진다. 어제 이 시간쯤에는 집으로 사회복지사가 다녀갔다. 하지만 정작 그녀가 엄마를 위한 간단한 치매 검사를 시작하자, 아버지는 뒷일을 내게 맡기고 나가버렸다. 애초 사회복지사가 방문하리란 것도 모르고 있던 나는 다행히 '등급 외' 판정을 받은 결과에 안심하면서도 나와는 단 한 번의 의논조차 않던 아버지와 동생들을 향한 화를 누르고 있었다.

단순한 생각에 하루 서너 시간 정도의 요양보호사 방문이 엄마에게 도움이 되리라 판단했다지만, 지난 일 년간 노인병원에서 간호조무사 실습까지 마친 내가 보기엔 비록 몸도 마음도 예전 같지 않아도 당신 스스로 건사해온 가사를 돌보며 자기효능감을 좀 더 오래 누리는 편이 엄마의 정신 건강에 더 좋을 것 같았다.

고개를 저었다. 그러지 않으려 해도, 오래전 용암 동굴이 있거나 동굴까지는 아니더라도 큰 공극을 만들어낸 곳의 천정 일부가 함몰되며 생겨난 구멍이 숨골이라는 지질학적 지식들이 자꾸만 해부생리학적으로 연결되었다. 그러면서 머지않아 내 엄마도 흙으로 돌아가리라는 서글픈 생각에 억장이 무너져버릴 것만 같다. 어떻게 그 소멸을 받아들일 수 있을까? 기어이 눈물이 흘러내린다.

멀찍이 가버린 줄 알았던 인솔자가 다시 숨골 가까이로 다가오고 있다. 난 얼른 눈가를 훔치고 숨골 밖으로 난 돌무지계단으로 발을 옮긴다. 그런 날 알아본 그가 손을 내미는데, 금세 찾아내어 다행이라는 눈빛이다.

어느덧 사람들은 콩짜개덩굴이 빼곡한 키 큰 나무 주위에 모여 있고, 마지막 설명이라면서 인솔자는 나뭇가지에 걸려 있는 푯말을 손으로 가리킨다. 한자어로 '갈등'이 적혀 있는데, 뜨악하다. 인솔자한테 내 속마음까지 들켜버린 것만 같아 얼굴이 화끈거린다. 하지만 이내 그의 손이 새롭게 가리킨 나무 밑동 쪽 다른 푯말로 시선이 간다. "갈등이 있기에 숲이 풍요로워집니다"라고 푯말에 적힌 문장을 단박에 읽었지만 숨은 뜻까지는 헤아려 알 수 없었다.

이윽고 그의 구성진 해설이 이어지는데, 웬일인지 내 귀에는 한 단어도 제대로 들려오질 않는다. 그 대신 아름다운 새 소리가 내 귀를 간질인다. 정작 숨을 곳을 찾아 먼 섬으로 왔는데, 그것도 부족해 더 깊은 곶자왈로 숨어들었는데, 이젠 숨 쉴 숨구멍을 찾았으니 그만 집으로 돌아가보라며 새들이 화음을 맞춰 어리석은 나를 노래로서 구슬리는 것만 같다. (2022)

가시낭: '가시나무'의 제주 방언.

아버지와 해마

뒤숭숭한 마음을 달래고자 찾아간 늦여름의 서빈백사 해변을 맨발로 거닐기 시작했다. 하지만 금세 발바닥이 깔끄러워 걸음을 멈추고서 모래사장에 쪼그려 앉았다. 마치 바다로부터 꼭 전해 들은 말이 있다는 듯 보글거리던 포말들이 꺼지자, 이내 숭숭 뚫린 구멍투성이인 돌멩이들이 보였다. 흡사 얼마 전에 본 아버지의 뇌가 찍힌 MRI 사진 속에서 튀어나온 것처럼 쪼글쪼글했다. 쉼 없는 파도가 심해의 기억들을 싸그리 씻어버리려고 했는지, 백화현상이 한창 진행 중이었다. 이 동그랗고 자그마한 홍조단괴*의 퇴적물은 그야말로 베타아밀로이드 단백질 덩어리가 침전된 알츠하이머성 치매 환자의 뇌를 축소해놓은 모양새였다.

잠시 뒤 나는 한 주먹을 움켜쥐고 손아귀에 잔뜩 힘을 줬다. 그대로 바스러지길 바랐지만, 뾰족한 것이 손바닥을 찌르는 느낌이 들어 그 즉시 손바닥을 털어댔다. 순간 모래사장으로 꼬리 쪽이 돌돌 말려 있는 무언가가 툭 털어졌다. 해마였다. 딱딱한 해마는 이미 오래전에 죽은 건지, 아니면 죽은 척하는 건지 꼼짝도 하지 않았다.

온몸이 긴장된 아버지가 떠올랐다. 아버지는 척추천자*를 하기 위해 등을 구부리고 옆으로 누워 있었다. 3, 4번 요추 사이에 꽂혀 있는 기다란 바늘에서 뽑힌 뇌척수액이 대롱 같은 주사위로 옮겨지는 동안, 나는 아버지가 파닥거리지 못하도록 다리를 꽉 붙잡고 있었다.

해마는 바다에서 왔다. 바다는 지구 표면적의 80퍼센트 정도를 차지하고 평균 깊이가 4천 미터에 이른다. 현재 우리가 알고 있는 물고기의 대부분은 2백 미터 이내의 수심에서 살고 있지만, 정작 1천 미터 이상의 깊은 심해에서 살아온 물고기에 대해 알고 있는 것은 거의 없다. 사람의 몸 역시 75퍼센트 정도의 체액이 차지하고 있고, 뇌 속에도 뇌척수액이 차 있지만, 정작 우리가 자신들의 뇌에 대해 알고 있는 것은 얼마 되지 않는다.

그런데 고생물학자들은 물고기가 지구상에 처음으로 나타난 시기를 지금으로부터 약 4억 5천만 년 전인 고생대 오르도비스기 말기로 추정하고 있다. 그에 비하자면 인류가 처음 출현한 것은 약 200만 년 전인 신생대 말기이다.

인간을 포함한 척추동물들이 물고기에서 진화했다는 가설들은 속속 새로운 과학적 증명들로 그 신빙성을 더해가고 있다. 한편 해마는 아가미로 호흡하고 지느러미를 이용해 움직이는 물고기다. 다만 배와 꼬리지느러미가 그저 흔적으로만 남아 있고, 물고기와는 다르게 피부 표면에 비늘이 없을 뿐이다.

뺨을 철썩 때리는 바닷바람을 맞으며, 해마의 얼굴 부분을 자세히 살펴보았다. 툭 튀어나온 눈동자를 굴리는 게 어쩐지 나를 경계하는 듯하면서도 딱딱하고 뾰족한 돌기 탓에 투구를 쓴 말상으로 보였다. 설마 나만 그렇게 봤을까? 아니다. 해마의 주 서식지인 지중해의 얕은 바다를 끼고 살았던 옛 그리스 사람들도 이 별난 생김새의 수중생물을 기이하게 여겨, 이름을 히포캄푸스(hippocampus)로 정했다.

'히포캄푸스'라고 나직이 웅얼거려본다. 아버지의 뇌 사진을 보여주던 의사가 가리킨 것 역시 대뇌 측두엽에 하나씩 존재하고 있다는 해마였다. 그것은 마치 인간이 물에서 온 존재인 점을 상기시키듯, 척수액으로 차 있는 우리들의 뇌 안에서 장기 기억과 공간 개념, 그리고 감정적인 행동 등을 조절해왔다. 그런데 그 공식적 이름마저 '히포캄푸스'

라니, 생각할수록 신기했다.

몇 달 전 어느 날, 아버지가 갑자기 섬망 증세를 보이면서 제대로 걷지 못했다. 그 누구보다 기억력도 좋고 순발력도 좋은 아버지가 걸음걸이까지 느려져 두 발을 질질 끌며 방과 방 사이를 배회했다. 처음 보는 아버지의 낯선 모습은 그야말로 충격 그 자체였다. 나는 당황한 어머니와 함께 서둘러 아버지를 대학병원 응급실로 모시고 가서 입원 절차를 밟았다.

평소 이야기꾼이던 아버지의 말투는 어눌해져 지금껏 달변이던 사실이 무색했다. 어제까지 괄괄하고 팔팔하던 아버지가 환의를 입고 쪼그리고 누워 있는 모습은 처량했다. 도대체 아버지의 뇌에 무슨 충격이 있었기에 느닷없이 의식의 혼돈과 행동장애를 보이는 건지 알 수 없었다. 한밤중에 CT 촬영을 하고, MRA를 찍고, 혈액 검사를 통한 치매 유전자 검사며 바이러스 검사까지 다 마쳤지만, 담당의사도 뇌에는 이상이 없다면서 멀쩡한 해마를 가리켰다. 그런 다음 양측의 해마 역시 정상 크기이고 뇌혈관에도 문제가 없으니, 혈관성 치매나 알츠하이머성 치매는 아니라고 딱 잘라 말했다.

바다 건너 섬 안의 섬으로까지 와서 해마를 발견한 걸 우연으로 넘기기엔 아무래도 석연치 않았다. 나는 발바닥 밑에서 서걱거리는 모래알 위에 그것을 내려놓고 한동안 지켜보기로 마음먹었다. 그러면서도 내심으로는 새파란 밀물이 통째로 쓸어가기 전에 제 스스로 꼼지락거리며 움직여주길 기다렸다. 하지만 내가 커피 한 캔을 다 마셔버리는 동안에도 해마는 그 자리에서 움쩍달싹도 하지 않았다. 시간이 지날수록 도리어 해마가 이곳을 제 무덤으로 여기고 있는 건 아닌지 걱정되었다. 모래 알갱이 위에다 포자를 뿌려 번식하고 야물게 자리를 잡아버린 석회조류의 서식지인 서빈백사는 해마가 살아갈 곳은 아닌 게 분명해 보였다.

해마는 우리나라의 경우 전라도 여수와 고흥, 경상도 통영과 남해를 비롯하여 제주도의 따뜻한 바다에서 주로 발견된다. 녀석들은 대체로 얕은 해안가 잘피나 모자반 등의 해조 숲에 몸을 숨기고 살아가는데, 대개 혼자 또는 아주 적은 수의 무리를 이루어 조용히 지낸다.

은퇴 후의 내 아버지의 삶 역시 그랬다. 사람은 혼자서도 잘 놀 줄 알아야 한다는 것이 평소의 지론이었던 만큼 아버지는 방구석에서 당신 홀로 인터넷 바둑을 두고, 덩그마니 야구중계를 감상하고, 헤드폰을 꽂고서 클래식 음악을 들으셨다. 굳이 비교하자면, 아침을 차리고 설거지를 마치자마자 이웃집으로 마실 나가는 엄마의 일상과는 영 딴판이었다.

의사는 아버지의 보폭이 좁아지고 손을 떠는 점을 들어 파킨슨병도 의심해볼 수 있다면서 또 다른 정밀 검사와 함께 정신과의사의 면접하에 진행되는 신경 정신 검사를 시행했다. 입원 사흘째 되는 날이었다. 하지만 이날은 거짓말처럼 아버지의 의식과 행동 모두 평소대로 돌아와 있었고 꼬장꼬장한 성품도 예전 그대로였다. 아버지는 검사가 진행되는 동안 오늘이 며칠이냐, 이곳이 어디냐 따위의 지남력을 묻는 질문마다 코웃음을 쳤고, 100에서 일정 숫자를 빼나가는 문항에는 부러 엉뚱한 숫자들을 갖다 대면서 젊은 여의사를 조롱했다.

보호자 신분으로 내내 지켜보고 있던 내 눈엔 그런 아버지가 당신의 지력을 의심쩍어 하는 검사 자체를 거부하는 것이 분명히 보였지만, 여의사는 아버지의 공격성과 응답 회피를 판단 근거로 루이소체성 치매일 가능성이 높다는 진단을 내렸다. 인터넷을 통해 자세히 알아보니, 발병의 근거는 여전히 밝혀지지 않은 미지의 원인에 있고 현대 의학으로는 아직 고칠 수 없는 무시무시한 예후들이 줄줄이 나열되어 있는, 낯선 치매의 일종이었다.

청천벽력 같은 선고를 듣고 집으로 돌아온 나는 아버지의 일거수일투족을 지켜보며 한시도 눈을 떼지 않았다. 퇴원 후 아버지는 당신의 입원 소식을 듣고서도 바쁘다는 핑계로 찾아오지 않았던 동생들을 향한 서운한 감정을 수동 공격적으로 돌려 표현했다. 평생을 뒷바라지하며 대학 공부와 혼인을 시켰지만 자식이고 뭐고 아무짝에도 쓸모없다는 한탄이 정작 당신 곁을 지키는 큰딸인 나와 늙은 엄마에게 쏟아지는 나날이 이어졌다. 고혈압과 당뇨에 류머티즘, 그리고 원인을 알 수 없는 뇌 질환까지 갖고 있는 아버지를 돌보는 일은 무한한 인내와 관심을 필요로 했다. 워낙 식성도 까다롭고 작은 말실수에도 화르르 분노를 터뜨리시는 분이라 더더욱 조심스러웠다.

나는 퇴원 이후 삶의 의욕을 잃고 누워만 계시려는 아버지가 해마 같다는 생각을 했다. 해마야말로 워낙 움직임이 적고 식성도 까다롭고 아파도 아프다고 표현하지 못하기 때문이다. 그렇기에 더더욱 관상용으로 키우려면 눈의 움직임이며, 꼬리를 감고 있는 모양이며, 지느러미의 움직임 등등을 수시로 살펴야 한다는 다큐멘터리의 내용이 비로소 이해되었다.

며칠 전까지만 해도 내게 으르렁거리던 분이 전적으로

의지하며 나약한 모습을 보이다니, 내가 겪어 알고 있는 아버지가 더 이상 아니었다. 어쩐지 아버지에게서 상처받은 해마의 모습이 겹쳐 보였다. 겉으론 강해 보여도 외부의 공격을 받아 상처가 생기면, 스스로 회복하지 못해 온몸에 퍼진 염증으로 고통스런 죽음을 맞이한다는 해마의 운명이 뇌리에서 지워지지 않았다.

어느새 바다가 붉어지고 있다. 우도 서편 하늘, 하루 일정을 끝마친 해가 바다 건너 지미봉 꼭대기에 걸려 있다. 서빈백사에도 붉은 기운이 일렁이고 있다. 덩달아 내 머릿속으로까지 서늘한 그림자가 술렁거렸다. 머릿속의 해마를 다친 사람들은 이 시간쯤 되면 불안하고 우울해진다는데, 아픈 아버지가 있는 뭍을 떠나 먼 섬 안의 또 다른 작은 섬에까지 와서 바닷가를 배회하고 있는 지금의 내가 스스로 용서되지 않았다.

그나저나 모래사장 위에서 꼼짝 않던 해마가 보이지 않는다. 모성애가 강한 다른 생명체들과는 달리, 유난히 부성애가 강한 아버지 해마의 보육낭에서 빠져나오자마자 어린 새끼들은 제 몸을 숨길 해조 숲을 만날 때까지 바닷물의 흐름에 따라 떠다니는 것이 생리요 생태라지만, 제각각 뿔뿔이 흩어져 떠도는 한살이가 아무래도 현대판 핵개인의 모습만 같아 안타깝고 서글프다.

며칠 뒤 병원을 바꿔 찾아간 나이 지긋한 의사는 아버지의 뇌 건강은 연세에 비해 지극히 양호한 편이니 걱정일랑 내려놓으라며 빙그레 웃는다. 휴우, 불행 중 다행이다. 안심이 된다. 하지만 몇 번이나 돌이켜 최근 일을 곰곰이 생각해봐도, 눌변과 함께 종종거리던 걸음새, 벽지에 어룽거리는 것이 보인다는 섬망 증세는 어째서 갑자기 나타났다가 또한 갑자기 사라진 건지 알 수가 없다.

아무리 생각을 곱씹어본들 해마가 인간의 머릿속에 있는 까닭은 원시의 바다를 기억하라는 신의 뜻인 것만 같다. 제아무리 과학 문명이 발전한 21세기를 살고 있다지만, 우리들의 머릿속은 여전히 미지의 바다나 마찬가지니까. (2022)

●

홍조단괴: 해조류 중의 하나인 홍조류에 의해 형성된 것.
척추천자: 척수액을 채취하거나 약액을 주입하고자 요추에서 척수막 아래 공간에 긴 바늘을 찔러 넣는 일.

섬은 빈집, 할망바당에 무덤 하나가 떠다닌다

풍랑주의보에 발이 묶였다. 영등할망*도 지난봄에 바다 건너로 떠나가셨건만, 섬의 속살을 뒤덮은 땅콩 잎사귀를 뒤적이는 늦여름 갈바람의 소리가 귀기어리다. 휘청대는 몸을 이리저리 돌려도 이마를 벗기는 몹쓸 바람이다. 그 바람에 일찌감치 북쪽 포구의 해안선은 지워졌다. 하늘과 바다의 경계를 그은 수평선도 집채만 한 파도에 찢어졌다. 늙은 해녀들이 물질하는 할망바당에서 조붓한 해안길 하나를 사이에 두고 돌담을 겹으로 두른 낮은 지붕의 집 마당은 텅 비어 있다. 아니, 아니다. 낮 동안은 제멋대로 자라난 검질*들과 깨진 창틈으로 새어 들어온 바람들이 차지했다. 그리고 밤이 오면 산 사람의 눈에는 보이지 않는 손님들이 그 을씨년스런 집의 주인이 된다.

황혼녘까지 빈 벽이 쓰러져 있던 폐허의 마당을 그림자가 얼씬거린다. 누구의 그림자일까? 그믐달빛도 으쓱하여 어깨 저절로 움츠러드는 깊숙한 어둠 속에서 '이제 오니? 오래 걸렸구나, 얘야' 하는, 부드럽지만 원망을 감출 수 없는 할머니의 목소리가 들려온다. 분명히 환청이다. 밤새 읽은 단편소설집에서 본 무서운 집 탓일 수 있다. 바람에 닳은 경첩에서는 삐걱삐걱 쇳소리가 나고 밤안개가 묵직하게 내려앉은 쇳가루 떨어진 마당에서는 피비린내가 흥건한데, 낡은 경첩에 의지했던 방문이 흔들거리며 쾅 닫혀버리자, 이내 벽이 벼랑이 되고 풍경마저 사라져버린 집, 죽은 이가 살아 있는 사람들의 이야기를 엿듣고서 꿈으로 엮는다는 바로 그 집으로 바뀌어 있었다.

게다가 쓰러져 있든 바로 서 있든, 문이란 문마다 종이를 접고 오려 만든 종잇조각이 너덜너덜 바람에 휘날리고 있다. 소복 입은 귀신들이 춤이라도 추는 듯이 흐느적거리지만, 그것은 굿판을 벌였던 명백한 증거이다. 다시 말해 심방*들이 신을 모실 때 사용한 기메*인데, 종이에는 신들이 드나드는 통로인 문이 여럿 달려 있다. 그 위로는 해마다 태풍에 흘러내린 빗줄기가 얼룩덜룩한 흔적을 남겼다. 여기저기 이미 잃어버린 것들에 대한 상처가 여러 번 뜯겨 덧이 나 있었다. 이런 살풍경 속에서 "옴따레 뚜따레 뚜레 수하, 옴따레 뚜따레 뚜레 수하"라고 주문을 외는 아래턱이

덜덜 떨렸지만, 나는 정낭대*가 다 내려져 있는 빈집 앞에 서서 삶의 속박과 고통으로부터 벗어나 자유로워지라는 의미를 담은 만트라를 읊조린다.

그나저나 과연 이것은 누구를 위한 만트라일까? 나의 이모할머니는 느닷없이 갈 데가 없어진 어느 날, 하릴없이 섬속의 섬으로 들어왔다. 사상을 의심받던 남편이 포승줄에 묶인 채 끌려가자 마을 사람들의 손가락은 홀로 남은 이모할머니에게로 일제히 향했다. 그때는 밤낮없이 울어대는 아이의 입을 막고 어떻게라도 살아남는 것이 급했던 시절이었다. 젊은 그녀는 바람으로 움직이는 풍선(風船)에 나머지 운명을 맡기기로 결심하고, 바람이 데려가는 곳에 무작정 숨어들어 어떻게든 어린 자식 곁에서 남편을 기다려볼 요량이었다. 다행히 그녀를 태운 배는 얕은 조수웅덩이의 넙데데한 빌레*에서 멈춰 섰고……

아무쪼록 그녀가 조심스레 발을 디딘 섬 속의 섬은 그녀의 속사정을 묻어두기 좋은 곳이었다. 새 이웃들도 아이 딸린 그녀에게 그럭저럭 우호적이었다. 대상군해녀의 지휘 아래 여러 손이 모이자 집 하나쯤은 뚝딱 지어졌다. 구멍 숭숭 뚫린 검은 돌멩이를 쌓아 올리고 흙을 발라가며 지어진 바닷가 집이었다. 마당을 사이에 두고 안쪽에는 안거리, 바깥쪽에는 바깥거리까지 갖춘, 제대로 된 섬집이었다. 이모할머니가 바깥채까지는 필요 없다고 한사코 마다해도 사람 팔자는 귀신도 모른다며 굳이 바깥꺼리까지 지어놓더라니, 애당초 이웃들에겐 다 계획이 있었던 게 나중에서야 밝혀졌다.

이모할머니는 처음부터 그 집의 바깥꺼리에다 어린 자식을 눕혔고, 얼마 뒤부턴 대상군해녀가 차지한 안거리의 물부엌에서 우미°며 소라며 전복 등등 물의 것들을 씻으며 오지 않는 남편을 기다렸다. 하지만 그리 오래지 않아 큰 섬의 소식이 바람결에 전해졌다. 그 소식을 먼저 접한 대상군해녀는 용케도 살아 돌아온 남자가 그새 새살림을 차렸다며 혀를 끌끌 찼다. 그러면서 차라리 잘된 일이라며, 이제부터 모자란 자신의 아들과 한방을 쓰라 했다. 그 말투는 회유가 아닌 협박에 가까웠지만, 이모할머니는 억지 춘향의 심정으로 제안을 받아들였다. 하지만 운명은 언제나 이모할머니의 편이 아니었던지, 겨우 정 붙일 무렵이던 보름사리 때에 고깃배의 잔해만이 뭍으로 돌아왔다. 지금으로부터 반백 년도 훨씬 전인 팔월의 어느 날이었다.

내가 이모할머니를 마지막으로 본 여름날, 마당에는 제사상이 차려지고 제상 위에는 두 개의 신위가 나란히 모셔져 있었다. 지방 위에 적힌 성이 서로 다른 것으로 미뤄보아 피붙이 관계는 아닌 것 같았다. 오후 내내 처마 밑에다 플라스틱 의자를 옮겨다놓고 책방에서 사온 공포소설을 읽고 있었다. 이따금 책에서 고개를 들고 돌담 밑으로 시선을 옮기면 피 떡진 맨드라미가 꾸벅꾸벅 졸고 있는 수탉을 대신해서 벼슬을 꼿꼿이 쳐들고 있는 게 눈에 들어왔다. 그 생김새 하나만으로도 밉상스럽기가 게으른 이모할머니의 외동아들 같았다. 그의 낯빛은 술꾼답게 언제나 불콰했다. 어쩌다 내게 말을 건넬 때면 입안에서 술지게미의 단내가 났다.

그날도 낯짝조차 보지 못한 두 아버지를 뭐 한다고 한날에 모시냐며, 이모할머니의 망사리에서 뿔소라를 꺼내 들고 물부엌의 시멘트 바닥으로 내던지며 으르렁거렸다. 이모할머니도 모처럼 바다가 잠잠한 제삿날인데, 제 어미 속을 뒤집어놓지 못해 환장하는 병이 도졌다며 당신 가슴을 쳤다. 두 사람의 높은 언성이 오가는 사이에도 뿔소라들은 퍽퍽 소리를 내며 깨지고 있었다. 금채기*가 끝난 첫 물질로 겨우 얻은 귀한 뿔소라였다. 손 하나 까닥 않는 이모할머니의 아들 대신에 내가 물마중*을 나가 엉성한 들것에 싣고 온 소중한 뿔소라였다.

애초부터 기대하지 않았지만, 어렵사리 찾아가는 이번에도 환대 따위는 없었다. 이모할머니를 매개하지 않는다면 그와 나는 남남이나 다름없었다. 여전히 그는 나에게 뭔가를 빼앗아 가기 위해 뭍에서 온 약탈자를 대하듯 굴었지만, 나로서도 마지막 발걸음이 될 이참에 영정 사진만을 달랑 챙겨 돌아설 수만은 없었다. '이제 왔니?' 자꾸만 이모할머니가 내 발목을 잡아당기는 것 같았다. 하지만 더 이상 머물 공간도 없는 허물어가는 빈집 마당에 멀뚱하게 서 있을 수도 없는 노릇이었다.

나는 철거 인부들을 불러 해체 이야기를 나누고 있는 그 뻔뻔한 먼 친척 남자를 뒤로하고, 이모할머니의 영정 사진이 걸려 있었음직한 벽 쪽으로 성큼성큼 다가가 섰다. 얼룩에 얼룩이 덮여 있는 다른 벽들과는 달리 사진이 매달려 있던 벽면은 흰색이었다. 오래전 얻은 잠수병에서 최근에 전이된 폐색전증으로 이모할머니가 앓아누워 있던 세월 동안 손이 닿지 않은 방구석 모서리마다 거미들이 미리부터 칠성줄을 쳐두고 만장을 걸 준비를 해두었다. 물 자국 위에 피고 진 곰팡이 얼룩까지 무게를 더한 처마와 서까래까지 축축 처져 있는 게 흡사 사진 속 세월의 더께로 늘어진 주름살을 다시 보는 것만 같았다. 빈집은 망치질 한 방에도 중도리가 무너져버릴 듯 위태로웠다. 당신 말년에 앉은뱅이 자세로 방바닥을 쓸고 다니던 쓸쓸한 마음을 이제야 제대로 보는 것만 같았다. 그 헐한 마음이 그대로 전해져 '이제 나는 간다'며, 이모할머니를 대신하여 집이 내게 마지막 말을 건네고 있었다.

기다림에 눈먼 여자가 오지 않는 남자를 기다리다 자신의 그림자에 잡아먹혔다는 소설집의 마지막 이야기는 섬뜩했다. 나는 이야기의 결말과 겹치는 까마귀 그림자에도 어깨를 움츠렸다. 심지어 철거된 집기에서 뜯긴 각목의 삭은 못을 빼 들고 허공을 할퀴기도 했다. 끽끽, 관광객들이 다 빠져나간 빈 섬의 괴괴한 소문처럼 떠돌아다니는 까마귀들의 울음소리가 겹쳐 들려왔다. 어느새 물보라가 또다시 뿌옇게 날리기 시작하더니 내 심장의 한쪽 벽까지 적시고 있다. 이미 경계가 사라진 해무 속으로 발을 담고 있는 이모할머니가 '이젠 정말 가도 되겠니?'라며, 내게 마지막 작별을 고하셨다.

며칠 뒤, 풍랑이 떠나자마자 서둘러 뒤따라 나온 나는 이제 이모할머니의 그림자마저 없을 섬을 까마아득한 옛날처럼 바라보았다. 지난밤에도 공포소설집으로 이마를 덮고 잠들었는지, 기메에 매달린 종이 문들이 꿈결까지 들썩였다. 이모할머니는 끝끝내 내 꿈속에 나타나지 않았지만, 꿈속에서도 빈집 마당가에 쌓여 있던 옛집의 폐기물들은 봉분인 듯 불룩했다.

　새벽녘 숙소에서 눈을 뜨자마자 바다 건너를 바라보니, 멀리 자그마한 섬 전체에 물안개가 하얗게 덮여 있었다. 여름철 남쪽 섬마을에서는 비교적 흔한 운무와 해미였다. 하지만 오소록하게° 몸속을 파고드는 한기 탓에, 어쩐지 이모할머니 없는 섬이 거대한 무덤인 채로 저승의 바다로 떠나가는 풍경인 듯 보이기도 했다. (2023)

영등할망: 해상 안전과 풍요를 가져다준다고 알려진, 제주도를 비롯한 남해안에서 창주신으로 여기는 여성신.

검질: 잡초를 뜻하는 제주 방언.

심방: 무당의 방언.

기메: 제주에서 무속의식을 치를 때 다양한 형태로 기메(종이)를 오려서 신단 주위에 세워두었는데, 그 형태 중에는 망자의 넋이 자유로이 오가라며 문 모양으로 꾸민 것이 많다. 이 글에서는 수많은 문을 통해 망자가 섬의 옛집에 들렀다 영원한 고향으로 편히 가시라는 의미로 사용했다.

정낭대: 제주의 대문 '정낭'을 가로지르는 막대기.

빌레: '너럭바위'의 제주 방언.

우미: '우뭇가사리'의 제주 방언.

금채기: 채취 금지 기간.

물마중: 물질을 마친 해녀의 손을 잡아주며 마중하는 것.

오소록하다: '으슥하다'의 방언.

곱을락 숨바꼭질

터진 목으로 울고 있습니다. '속숨허라이'*라고 당부하신 시어머니의 유언을 철썩같이 지켜온 그녀가 반백 년 묵힌 숨을 도로 삼킵니다. 물때에 맞춰 찾아온 가마우지들이 너울 찰랑이는 빌레에 앉아 깃털을 말리고 있지만, 온몸이 시커멓기는 구멍 숭숭 뚫린 바위와 매한가지입니다. 오래전에 가마우지에게 낚시를 시키고 목구멍에 든 물고기를 뱉어내게 만드는 낚시질이 있었다는 이야기를 들었습니다. 생명 있는 것에게 몹쓸 짓이지만, 사람은 그보다도 더 흉악한 짓을 서슴지 않았습니다.

여기, 우리나라에서 가장 아름다운 해변으로 손꼽히는 광치기 해변에서는 빨갱이로 몰려 숨어든 지아비를 대신해 아내의 목숨까지 앗아가버린 '대살'이 버젓이 행해지던 날들이 있었습니다. 오늘처럼 해돋이를 보러 먼 데서 비행기까지 타고 찾아오는 이곳 해변이 밤낮없이 시뻘겋게 물들어버렸던 무서운 시절이었습니다.

사월, 기후온난화로 노란 유채꽃과 보랏빛 갯무꽃은 벌써 저물고 해안사구를 따라 즐비한 문주란이 꽃을 피울까 말까 망설이고 있습니다. 달의 마법에 따라 때론 바다였다가 때론 육지가 되는 조간대의 변덕에 조수웅덩이마다 '곱을락'• 숨어든 뭇 생명들의 숨바꼭질이 하루 두 번 어김없이 펼쳐지고 있습니다. 특히 수온이 17도까지 오르는 봄날의 썰물 때엔 맨발로 밟고 다녀도 될 만큼 푹신한 초록 이끼의 카펫이 너럭바위마다 깔려 있습니다. 바위 곳곳 오목하게 패인 조수웅덩이에는 밀물 때 차올랐던 바닷물에 아침 햇살도 제 가는 햇발을 담그고 윤슬을 찰랑찰랑 튕기고 있습니다. 그 투명한 수면 아래를 가만히 들여다보면 미처 바다로 빠져나가지 못한 어린 물고기들이 꼬리잡기 놀이라도 하듯 맴맴 맴돌고 있습니다. 태양의 고도가 높아지는 한낮이 될 때까지 조수웅덩이는 베도라치, 소라게, 말미잘들이 그럭저럭 마음 놓고 놀 수 있는 놀이터입니다. 하지만 따갑게 쏟아지는 햇볕에 짠물마저 말라가는 점심 무렵이 되면, 천적끼리 먹고 먹히는 무시무시한 사냥터가 되어버립니다.

다행히 이곳의 조수 웅덩이는 현무암으로 이루어진 바

위에 구멍과 틈새가 많다 보니, 몸집이 작은 베도라치와 범돌 치어들은 숨을 곳이 있습니다. 배가 고프면 슬그머니 빠져나와 사냥감을 덥석 물고 재빨리 몸을 도로 숨길 수도 있습니다. 이토록 목숨까지 내걸고 펼쳐지는 위험한 곱을락 놀이라니, 얼마 전에 전 세계인을 열광케 했던 드라마 <오징어 게임>이 저절로 떠오릅니다.

그나저나 썰물 때의 조간대에 드러난 웅덩이 맨 위쪽에는 행동이 굼뜬 고동들이 바위에 붙어 있는데, 죽은 걸까요? 살짝만 건드려도 바스라질 것처럼 말라 있는데, 어라, 이름이 어울리지도 않게 총알고동이랍니다. 그래요, 이 녀석들은 약간의 물기만 있어도 목숨을 유지할 수 있도록 꼼짝 않고 지내는 걸 오랜 기간 동안 훈련해왔을 테죠. 지은 죄도 없지만, 숨어 다녀야 하는 목숨들이 어디 이 작은 생명들뿐이냐고 바닷바람이 보도시 너울을 들썩거려 마음이 다 젖습니다. '죄 이신 사람이나 곱으로 댕기지 무사 곱으레 댕기느냐?'며, 이 아름다운 바닷가마을에 남아 있다 불귀가 된 넋들이 아우성입니다.

반백 년 전, 내던져진 수많은 시신들이 여태도 떠돌아다니는 이 바다가 아름다운 건 그 슬픔을 목격한 달의 인력에서 결코 벗어날 수 없기 때문일 겁니다. 갯가의 파래, 가시리, 톳, 우뭇가사리 등등, 여러 바다풀들이 물결에 살랑거리고 있을 이 봄날, 밀물 때의 이 바닷속에서는 듬북*과 감태가 서로 뒤엉켜 물귀신처럼 흐느적거리고 있을 겁니다.

정녕 지은 죄가 없다면, 두려움 없이 갯바위 끄트머리에 쪼그리고 앉아 두 손을 바닷물에 담가보세요. 손가락 끝에 닿아 꼬물거리는 톳의 오톨도톨한 이삭들을 점자를 읽듯 가만가만 만져보세요. 억울하게 죽은 이들의 눈물을 흠뻑 머금고 있는 바다풀들이 전하는 오래전 핏빛 이야기는 역설적으로도 황홀한 노을빛입니다. 그 절절한 사연 따위야 아랑곳없이 뭍에서 온 아주머니들은 톳을 마구잡이로 잡아 뜯어 시커먼 비닐봉지에 주워 담기 바쁩니다.

여전히 터진목*의 위령비 앞에 쪼그려 앉아 있는 그녀의 골 깊은 얼굴에 비하자면, 모두가 하얗고 반질한 낯빛입니다. 그들의 표정에서는 침묵에 스스로를 길들인 자 특유의 그늘 따위는 찾아볼 수 없습니다. 그녀가 팔려고 내려놓은 귤마저 시들해 보이는 오후, 속이 상해 잠시 눈을 돌려 저 멀리 성산일출봉을 바라보았습니다. 서서히 바다가 밀려들어오고 있는지, 일출봉 앞까지 쭉 펼쳐졌던 조간대의 너럭바위 너비와 폭이 좁아진 듯합니다. 그 삽시간의 변화를 자신들의 카메라에 담으려는 청춘들의 미소가 황홀합니다.

하지만 그들도 제 봄날이 시나브로 가고 있단 걸 눈치챘는지, 고인 물이 다 말라버린 조수웅덩이 앞에서 깔깔거리는 어린 꼬마한테로 눈길을 돌립니다. 누가 보든 말든 철부지 꼬마의 관심을 사로잡은 것은 그 애의 엄지손톱만 한 소라게였습니다. 아이는 제 손끝으로 소라고둥을 톡 건드리더니, 살짝 두려운지 재빨리 손을 숨기길 반복하고 있습니다. 소라게도 눈알을 쏘옥 내밀더니 아이가 건드리지 않는 틈을 타서 두 집게발로 웅덩이를 기어 나오려고 애를 쓰고 있습니다. 그 옆에는 아이의 할아버지가 숨바꼭질 놀이가 끝나길 기다리고 서 있는데, 문득 이 사월의 섬과 바다에 깃든 평화마저 서글퍼집니다.

이 작은 조수웅덩이에서도 달을 술래로 세워두고 파도가 살금살금 다가왔다가 술래가 희뜩 뒤돌아보면 우르르 밀려나가는 놀이가 그제나 이제나 변함없이 행해져왔을 겁니다. 하지만 이토록 맑고 투명한 조수웅덩이들에도 때 이른 여름이 찾아와 왕성한 번식력을 지닌 구멍갈파래가 뒤덮어버렸으니,여간 골칫거리를 앓고 있는 것이 아닙니다. 살벌한 위험이 도사리는 바다로 나가기 전에 곱을락 놀이를 하며 파도에 맞설 용기를 키울 수 있었던 여리고 어린 생명들의 쉼터이자 놀이터였던 조간대가 너무나도 빠른 속도로 망가지고 있습니다.

석양빛이 드리운 광치기해변, 가마우지들이 하나둘 노을 속으로 날아오르고 있습니다. 꼬마도 다시 바닷속으로 잠겨 드는 너럭바위에서 서둘러 빠져나오고 있습니다. 제 할아버지의 손을 그러잡고 미끄러운 너덜겅을 폴짝폴짝 뛰어오는 모습을 멀찍이서 지켜보는 그녀가 마침내 손을 흔듭니다. 눈물도 다 말라버렸을 반백 년 세월에게 건네는 작별인사라면 좋으련만, 파르르 떨리는 속눈썹이 해안선처럼 감기고 있습니다. 그녀가 꼭꼭 숨겨둔 그녀만의 조수웅덩이에는 응어리진 슬픔의 알갱이도 다 녹아 희부연 백태로나 끼어 있을 겁니다.

어느새 거친 숨을 몰아쉬며 모래밭을 가로질러온 아이를 끌어안은 그녀의 핏발 선 눈동자가 저무는 태양빛만큼 붉습니다. 빛이 흠뻑 비친다는 뜻을 지닌 '광치기'. 그러나 현실에서는 돌아오지 못한 지아비의 시신이나마 담아가려고, 난파된 뗏목의 파편으로 만든 관을 끌고 와 하염없이 기다렸던 지친 아낙들의 오랜 망부가가 있던 곳입니다. 그나마도 '속숨허라'는 신신당부마저 덧없이 사라졌으니, 사월의 광치기 해변은 겨우 숨탄것들의 슬픔으로 눈이 부시게 아름답습니다. 너무나도 아름다워 그 슬픔까지는 곱을

락 감출 수가 없습니다. (2023)

●

속숨허라이: 말하지 말고 침묵하란 뜻의 제주 방언.

곱을락: '숨바꼭질'의 제주 방언.

죄 이신 사람이나 곱으로 댕기지 무사 곱으레 댕기느냐?: '죄 있는 사람이나 숨으러 다니지 무슨 까닭으로 숨어 다니느냐?'의 뜻.

듬북: 갈조류 뜸부깃과의 해조(海藻)인 '뜸부기'의 제주 방언.

터진목: 43위령비가 있는 광치기 해변 근처의 지명.

숨과 숨 사이에 그 섬이 있다

새들도 날아다니다 휘청거리는 날이다. 파도의 낮은음자리표로 올라탄 샛바람과 하늬바람이 서로 좀 더 높은 소리를 내겠다며 삐걱삐걱 불협화음을 내고 있다. 겨울 바다를 건너온 북서풍도 입이 천 개쯤 있는지, 허공에 대고 한꺼번에 웅얼거리고 있다. 문득 오싹한 기분이 들어 고개를 돌려 고팡*의 철문을 돌아보았다. 철문 틈새 어딘가에도 바람의 손톱이 끼었는지, 문짝이 끽끽거리고 있다.

이런 악천후엔 축시의 귀신들도 발이 얼어 바다를 건너지 못할 텐데, 동장군이 고드름 칼날을 바람의 허리춤에 매달고 있을 이 밤, 성난 바람의 신이 어디론가 섬을 끌고 가고 있는 듯한 괴이쩍은 느낌이 든다. 상군해녀가 바다로 나가 돌아오지 못한 그날도 넋건지기굿이 있던 오늘처럼 파도가 울부짖으며 고꾸라졌다. 징, 장구, 꽹과리의 고조된 소리까지 합세하여 심방이 전하는 망자의 마지막 넋두리마저 갈기갈기 찢어댔다. 생가지 나무 끝에 망자가 평소 쓰던 밥주발을 넋그릇으로 매단 혼대를 건네받은 유족의 손이 부들부들 떨리기 시작하자, 심방이 망자의 속옷을 들고 조수웅덩이에 직접 몸을 담갔다. 바다가 파도의 입을 쩌억 벌리고 심방마저 물어갈 듯한데도 노련한 그녀는 넋그릇을 물속에 담갔다 빼냈다 하며 망자의 허운데기˚를 찾고 있다.

　섬 속의 섬 우도, 하고수동 해변과 하우목동 선착장 사이에는 넙데데한 갯바위 하나를 중심으로 암초대가 형성되어 있고, 여기서는 5미터만 물속으로 자맥질해 들어가도 전복, 해삼, 성게가 풍족해서 해녀들 사이에서 인기가 있었다. 물질만 반백 년 경력인 상군해녀는 평소 15미터 물밑에서도 거뜬히 서너 시간 작업을 해냈으니, 모처럼 찾아온 조금 물때를 눈보라 탓으로 놓칠 수 없었나 보다. 그날 아침녘에도 그녀는 해녀들의 상비약인 뇌선부터 챙겨 먹고, 몸에 콱 조이는 고무 잠수복을 입고서 망사리를 어깨에 메고 나섰다고 한다. 진눈깨비가 내리는 흐린 날인데도 물속은 오히려 따뜻하고, 오랜 경험상으로 볼 때 궂은날도 곧 갤 것이라며 집을 나갔다고 한다. 하지만 떠날 때를 잘못 헤아린 그녀는 물너울 속에서 허깨비를 보았는지, 물숨을 먹고 목숨을 잃어버렸다.

넋은 겨우 건졌지만 바다가 그대로 무덤이 되어버린 그날, 그녀는 혼백상자를 매고 자신의 저승길로 뛰어들었다. 물론 의도한 일은 아니겠지만, 수면 위로 고개를 내밀며 폐부 깊숙이 참고 있던 숨을 토해내듯 비우는 그녀의 숨비소리를 들은 동료들은 유감스럽게도 없었다. 여느 때와 마찬가지로 셋이서 한 팀을 이뤄 작업했으나, 세차게 몰아치는 눈보라에 뭍 쪽으로 몸을 붙이지 못하고 물귀신이 흔들어대는 풍랑에 휩쓸려 그만 잠수복이 수의가 되어버렸다.

바다를 해자로 두른 우도에는 물숨이 있다. 첫 들숨과 마지막 날숨 사이에 뭍짐승들의 생이 있는 것처럼, 물숨이 있는 물속에서의 삶을 맛본 해녀들은 체력이 허락되는 한, 바다로 뛰어들고 싶어 한다. 그래서일까? 잠수병을 얻고 귓병을 얻어 잘 들리지 않는 미수(米壽)의 할망 해녀들조차 삭신이 쑤시는 몸을 짠물 속에 담그면 목욕이라도 한 듯 개운하다며 바다에 욕심을 부린다. 그러나 그들의 세계에는 떠날 때를 아는 자만이 계속 살아갈 수 있다는 역설이 엄연히 존재한다. 숨, 그것은 살아 있다는 신이 내린 증표다. 또한 그것은 신이 허락한 범위 내에서 부지되는 목숨의 다른 이름이기도 하다.

풍랑주의보로 며칠째 도항선이 뜨지 못하는 텅 빈 겨울 섬은 온통 바람의 차지다. 사방이 바다로 뻥 뚫려 있으니 바람의 칼춤에 온 전신이 베여도 어디 숨을 곳도 마땅찮다. 영등할망이 섬을 떠나지 않았으니 몸을 낮춰 지내란 뜻인가 보다 싶다가도, 한해살이를 기약하고 섬에 든 내게는 관광객이 철수한 이때야말로 섬을 속속들이 구경하기 좋은 때이다.

정낭 문을 열고 한 걸음, 한 걸음 걸음마를 해보지만, 입으로든 코로든 내 멋대로 숨을 들이쉬고 내쉴 수가 없다. 이내 정수리까지 둔기로 얻어맞은 듯이 띵하다. 내 스스로 몸을 가누는 건 고사하고 호흡의 리듬마저 놓치게 되니, 몹시 당혹스럽다. 단 한 번의 쉼도 없이 숨을 쉬어온 지도 반백 년이 넘는 내가 숨구멍까지 틀어막는 바람에 넋이 나갈 지경이다.

그럭저럭 바람에 등 떠밀려 간신히 내려온 하고수동 해변에서 다시 바다를 마주하고 섰다. 그때 마을 안길 쪽에서 유모차 같은 것에 테왁*과 망사리를 싣고 힘겹게 끌고 오는 해녀 두 분의 왁자지껄한 소리가 점점 크게 들려왔다. 설마 이런 날씨에도 물질을? 궁금함을 못 이긴 척하며 묻고 싶었지만, 다행스럽게도 해녀탈의장 쪽으로 난 해안길로 접어들었다. 날씨 탓에 혹시 저분들은 이날 이때까지 오늘이 마지막이라는 마음으로 뭍과 물을 오가며 평생을 살아왔을까 싶은데, 순간 이 한겨울에도 벗겨지지 않는 물안경 자국이 또렷한 얼굴이 나를 홱 돌아보았다. 이내 잠시 뒤따라오라는 손짓이 그 표정 뒤를 이었다.

불기도 없는 불턱*에 앉아 있는 소복 입은 두 모녀가 보였다. 뭍으로 돌아오지 못한 상군해녀의 딸과 손녀인 듯한데, 그들 앞에는 종이에 싸인 음식 꾸러미가 놓여 있었다. 어느덧 저무는 하루해가 조금은 흥분을 가라앉힌 수면 위로 제 그림자를 내려놓기 시작하자, 대상군해녀가 앉은뱅이밥상을 들고 서둘렀다. 갯바위 위에는 빙떡이며 고기산적이며 제사상이 차려지고, 곧바로 동료 해녀들이 빙 둘러섰다. 조금 뒤로 물러나 가만히 지켜보니, 지는 해를 향해 '어멍 잃은 불쌍한 우리 딸네들 잘 돌봐줍써' 하는 간청과 함께 음식을 싼 종이가 그대로 하나하나 바다로 던져졌다.

지드림이라고 했다. 이렇게 지드림을 정성껏 드려야 망자의 생전 기억이 지워져 아무런 원한도 갖지 않은 물귀신이 된다고 했다. 헉, 그 말에 숨이 목구멍까지 차올랐다. 아랫입술이 안쪽으로 당겨지면서 저절로 휘리릭 소리가 났다. 어질머리에 눈앞이 흐릿해지면서, 문득 일렁이는 오렌

지빛 석양이 영등할망의 큰 테왁 같다는 생각이 들었다. 그러면서 내 몸이 잠시 앞으로 휘청거렸나 본데, 누군가가 고꾸라지기 직전에 내 목덜미를 잡아당겨주었다.

숨과 숨 사이에 섬이 보였다. 날숨과 들숨 사이에 내가 '꼬르륵' 물밑으로 가라앉고 있었다. 하지만 저들에겐 있는 물숨이 내겐 없었다. 당연히 나는 허우적거렸다. 물질을 할 줄 모르니, 나는 가라앉는 섬에서 빠져나갈 방법이 없었다. 나는 울부짖었다.

가위에 눌린 악몽에서 몸이 풀려난 시각, 바람이 천 개의 주먹을 쥐고 내 방 창문을 두드리고 키 큰 나무들이 휘청휘청 혼대°를 흔들어대고 있었다. 핸드폰을 찾아 '윈드 파인더' 앱을 열고 풍속과 파고를 확인해보니, 내일도 배가 뜰 수 있는 날이 아니었다. 문득 얼마 전 수중고혼이 된 해녀는 일찍이 바다가 막아버린 운명을 원망하는 대신 섬의 애옥살이에서 벗어나고 싶은 간절함의 깊이만큼 바다에 몸을 담근 건 아닐까 하는 의혹이 들었다.

제주 해녀는 2016년 유네스코 인류무형문화유산으로 등재되었다. 그러나 제주 바다에서 해녀들의 숨비소리는 갈수록 듣기 어려워지고 있다. 2022년 기준, 내가 머물렀던 제주의 부속섬인 우도에는 192명의 해녀들이 물질을 하고 있었으나 젊은 처녀나 아낙네들은 눈 씻고 찾아봐도 보이질 않았다. 하긴 수온 상승으로 탁해진 물속을 곱을락 헤집으며 숨을 꾹꾹 참은 대가로 얻을 수 있던 바다의 선물마저도 줄어들었으니, 숨비질을 배우지 않았다고 해서 젊은 그네들을 탓할 순 없다.

그나저나 온몸이 축축하다. 땀을 훔친 손바닥에서 바다의 짠 내가 난다. 정말이지, 낮에 심방이 건져 올린 허운데기 한 움큼이 망자의 것이었을까? 멀리 해안선의 집어등이 조등 같은 밤, 나는 창밖의 나뭇가지 그림자의 춤사위에도 소름 돋도록 무서운데, 동료를 잃은 심란함으로 몇 번쯤은 잠자리 이불을 걷어찼을 해녀 할망들은 내일 또 물질을 못 나가면 삭신이 더 쑤시려나? 내 얕은 잠의 창문까지 두드려대는 삭풍이 얄궂기만 하다. (2023)

고팡: '광'의 방언.
허운데기: 머리카락을 얕잡아 부르는 제주 방언.
테왁: 해녀들이 바다에서 작업할 때 타는 물건.
불턱: 돌담을 쌓아 바람을 막고 노출을 피하기 위한 곳.
혼대: 굿에서 죽은 사람의 넋이 타고 내려오게 하는 나무막대기.

맨드라미 데칼코마니

서귀포항에서 출발한 여객수송선이 문섬을 향해 가고 있다. 겨우 아침 열 시지만, 어제까지 찌뿌둥하던 먹구름 떼를 밤새도록 비설거지로 말끔하게 씻어냈는지, 트레이싱 페이퍼처럼 펄럭이는 수면 위로 윤슬이 반짝인다. 흡사 하늘과 바다가 수평선을 기준으로 맞접혔다가 펼쳐진 듯한데, 거기에다 섬의 주상절리까지 그 색깔마저 또렷한 그림자를 드리우고 있다.

그러거나 말거나, 일부러 조카와 똑같은 노란색으로 사입은 우비 안쪽은 벌써부터 땀이 차오르고 있다. 섭씨 33도. 유월 장마 끝물이 배인 날씨답게 눅진하다. 조카도 우비의 똑딱단추를 끄르면서 짜증을 부린다. 그만 우비를 벗자고 해도 우비 위에 껴입은 구명조끼마저 벗어버리자는 뜻으로 알아듣고 똑딱단추를 도로 채운다. 속이 상하지만 내버려둔다. 지금처럼 녀석이 고집을 피울 땐 건드리지 않는 편이 낫다는 걸 경험으로 배웠다.

오늘도 잠수함을 타고 싶다는 소원을 들어주려 함께 여기까지 왔지만, 약간의 발달장애가 있는지라, 막상 겁을 내고 그냥 돌아가자면 어쩌지 싶어 내심 걱정이 앞섰다. 그러나 여객수송선이 멈춰 선 바지선 옆에 미리부터 접안하고 있던 잠수함을 보자마자, 녀석이 "지아호다!"라며 반긴다. 저리 환하게 웃으며 아는 체하는 모습을 보고 있자니, 짠하고 안쓰럽다.

동생 내외가 주로 집 안에서만 돌보며 키운 녀석과 달리 지아는 여러모로 탁월해서 어디서나 사랑을 듬뿍 받고 다니는 또 다른 조카의 이름이다. 이 둘을 비교하면 안 된다는 걸 알면서도, 고모인 내 입장에서 바라볼 때 벼슬을 꼿꼿하게 세운 듯 도도한 지아가 여름날의 맨드라미라면, 지금 내 곁에 있는 조카는 바닷속에서 살아가는 밤수지맨드라미와 같다.

세계 최대 규모의 연산호군락지 구경을 위해 잠수함으로 옮겨 타기 직전이다. 주어진 짧은 대기 시간 동안, 승선 기념으로 사진을 찍어주는데, 어쩐 일인지 조카가 먼저 내 팔짱까지 끼고 포즈를 잡는다. 여느 때 같으면 내 쪽에서 함께 사진을 찍자는 말이 나오기 무섭게 내뺄 녀석인데, 마음까지 유연해진 것이 물 만난 고기와 같다. 더욱이 거침없이 수직의 철제 사다리를 타고 잠수함 안쪽으로 내려가는 모습까지 보이니, 지금껏 내가 모르던 그 애의 진면목을 이제야 발견한 것만 같아 흐뭇해진다.

해치의 철문이 잠기고, 잠시 웅웅 기계 돌아가는 소리가 커지더니, 둥근 선창으로 내다본 물속의 풍경이 느린 속도로 바뀌고 있다. 예순여 명의 탑승객을 태운 잠수함이 문섬의 북쪽 수중 암반에 거의 붙어서 수면 아래로 가라앉고 있다. 사람들 틈바구니를 파고들며 선창 쪽으로 고개를 들이미는 조카를 보자, 토끼를 따라간 구멍 속에서 낯선 세계로 빠져든 이상한 나라의 앨리스 생각이 났다.

미역 같은 감태와 모자반 등속의 갈조류들이 어서들 들어오시란 시늉인 양, 긴 팔을 살랑살랑 휘젓더니 금세 어디선가 잠수부가 나타나 선창 안쪽에 다닥다닥 붙어 있는 사람들을 향해 손을 흔들어 보였다. 그와 동시에 안내방송에서는 현재 수심은 20미터이고, 이제 여러분의 눈앞에는 애니메이션에서 본 니모의 실제 모델인 흰동가리가 나타날 것이라며 너스레를 떨었다. 그 말에 흥분한 조카가 엉덩이를 들썩이며 사람들에 가려 보이지 않는다고 툴툴거렸다. 시끄러운 엔진소리에 가뜩이나 똑똑하지 않은 발음이 묻혀버렸지만, 찡그린 얼굴 표정으로 간절한 만큼 조급한 마음이 전해졌다.

하지만 나는 잠시 막막한 기분이 들었다. 사람들에게 양해를 구하고 조카를 그들 앞에 앉히는 게 고모다운 행동이겠으나, 그렇다고 스물다섯이나 먹은 여자애를 무슨 이유를 대면서까지 자리 양보를 얻어낼 수 있을는지 뾰족한 수가 당장 떠오르지 않았다.

그사이에도 창밖의 물속에서는 흰동가리와 공생하는 큰산호말미잘이 곤봉 모양의 촉수로 물살을 휘휘 젓고, 지상의 소나무를 그대로 옮겨놓은 것 같은 해송이 흐느적흐느적 긴 가지를 나부대고 있었다. 게다가 그 곁에서는 야속하게도 다이버가 밑밥을 던지며 쏠배감펭이니 주걱치니 벵어돔이니 하는 각종 나비고기들을 불러 모으고 있었다. 그럴수록 애가 탄 조카의 눈동자가 창을 가린 사람들의 뒤통수와 내 얼굴 사이를 불안스레 왔다 갔다 했다. 두 눈에 눈물까지 그렁그렁 맺힌 걸 보니, 왕자를 만나기 위해 뭍으로 올라왔지만 모든 꿈이 수포로 돌아간 인어공주가 떠올랐다.

그대로 모른 체할 수만은 없었다. 나는 어깨로 앞사람들을 밀치며 재빨리 조카를 내 앞에 세웠다. 여기저기에서 볼

멘소리가 터져 나오고 따가운 눈총이 내게로 향했지만, 나는 입을 앙다물고 미안하다는 말마저 아꼈다. 그게 내 조카를 보호하는 알량한 나만의 방식이었지만, 사람들이 다소 모자란 내 조카를 알아채는 게 싫기도 했다.

그런 내 복잡한 심정을 뒤로하고, 어느 틈엔가 잠수함이 좀 더 깊은 수심으로 내려가더니 난파선에 터를 잡은 연산호 군락 앞에 멈춰 섰다. 동그란 창 너머로 자색수지맨드라미, 검붉은수지맨드라미, 연수지맨드라미, 그리고 밤수지맨드라미의 빨강, 분홍, 보랏빛이 뭉텅뭉텅 모여 있었는데, 그야말로 알록달록한 꽃밭은 지상의 어느 곳보다도 화려하고 아름다웠다. 황홀감에 도취된 나는 조카의 손을 잡고, "지수야, 예쁘지?"라고 물었다.

안타까웠다. 꽃들처럼 보이는 바다의 맨드라미들이 기실은 촉수를 가지고 먹이 사냥도 하는 자포생물과의 무척추 동물이란 사실을 알려주고, 최근 들어 수온이 상승해 개체 수가 줄어들고 있다는 사실도 들려주고 싶었지만, 녀석의 이해력을 넘어서는 과학적 상식으로 괜한 혼란을 줄 수는 없는 노릇이었다. 그 자체로 꼼지락대고 나풀거리고 하늘거리는 맨드라미들이 하얗게 굳어가며 죽어가고 있다는 슬픈 소식으로 우리들의 수중 나들이를 망칠 수는 없었다. 나는 조카가 철썩같이 꽃이라고 믿고 있는 온갖 맨드라미들이 각각의 고유의 리듬으로 따로, 또 함께 오래오래 이 서귀포 바다에서 살아갈 수 있기만을 바랄 뿐이었다.

다시 수면으로 떠오른 잠수함의 철제 사다리 끝에 있는 해치가 열리자, 푸른 하늘이 둥글게 오린 듯이 보였다. 조카가 먼저 사다리를 타고 올라가는 모습을 가만히 지켜보고 있는데, 등 뒤에서 수군거리는 목소리가 들려왔다. "저 노랑 우비 입은 애 말이야. 아까 우리 밀친 애, 좀⋯⋯." 나는 홱 뒤를 돌아보았다. 내 또래의 중년 여자 둘이 이죽거리던 입을 다물었다. 하지만 그 순간, 내 숨도 헉 막혔다. 잠수함 속의 산소가 희박한 탓만은 아니었다. 여자 둘은 척 봐도 알아챌 수 있는 일란성 쌍둥이였다. 두 조카의 서로 다른 얼굴이 동시에 떠올랐다.

잠수함에서 빠져나온 나는 큰 숨을 들이시고 조카부터 찾았다. 관광객의 동선을 따라 해상바지선 한가운데 임시로 마련한 전시장에 조카가 서 있었다. 손에는 사진 액자가 들려 있었는데, 사진 속에는 지아호를 배경으로 우리 둘이 팔짱을 끼고 서 있었다. 내 표정에서 내키지 않아 하는 어색함이 배어났다. 그러거나 말거나, 조카는 "고모 나 이거 사줘. 고모랑 꽃구경 갔다고 지아한테 보여줄래"라며 보챘

다. 순간 조카의 그 말에 울컥했다. 밝은 양지를 차지하고
도 나비처럼 돌아다니는 해맑은 지아에 비하자면, 자기만
의 음지의 세계에서도 칙칙한 꽃으로나마 피어난 조카였
다. 그만큼 수줍고 의기소침했던 애가 내 앞에서 똑 부러지
게 자신의 의사표현을 하는 것만으로도 고맙고 뭉클했다.

조카의 손에 이끌려 들어간 바닷속 30미터의 풍경은 육
지와 다르지 않았다. 그곳에도 언덕이 있고, 산이 있고, 계
곡에서는 조류가 흐르고 있었다. 또한 수온에 따라 달라지
는 봄, 여름, 가을, 겨울이 있고, 그때그때 각자의 생체리듬
대로 숨 쉬고 살아가는 수중 동식물들이 공생하고 있었다.

하지만 안타깝게도 문섬 일대의 암반과 산호초 군락은
관광잠수함의 접근으로 몸살을 앓고 있다고 한다. 더 가
까이 다가가 구경하려는 사람들의 욕심 때문에 암벽이 부
서지고 산호가 부러져 허옇게 허물어지고 있단다. 설상가
상으로 지구온난화에 의한 수중 생태계의 미래 예측은 더
욱 암담하기만 한데, 지금으로부터 채 십 년도 남지 않은
2030년쯤에는 이곳 문섬의 앞바다뿐 아니라 전 세계 바
다에서 내가 오늘 본 다양한 이름의 맨드라미를 포함한 산
호들이 사라질 가능성마저 크다고 하니 서글픈 기분마저
든다.

결코 그런 일이 있어서는 안 되겠지만, 나는 조카가 바다에도 맨드라미가 살고 있다는 걸 직접 본 오늘 일을 오래도록 기억하길 바랐다. 그리고 내게 보여준 물속에서 활달했던 모습 그대로 뭍에서도 제 빛깔과 제 꼴대로 당당하게 살아가길 기도했다.

중년의 고모와 이십대 청춘의 조카가 나란히 손을 잡고 서귀포항에서 뒤돌아본 오늘의 바다와 하늘은, 정확하게 수평선에서 맞접혔다가 펼쳐진 연하장 같았다. 그 한가운데에는 문섬과 수중꽃밭이 있고, 지금도 눈에 선한 조카를 꼭 닮은 밤수지맨드라미가 활짝 피어 있었다. (2023)

우리들의 다섯 번째 계절

초판 1쇄 발행 2023년 12월 20일

지은이 | 김영욱
펴낸이 | 이근일
펴낸곳 | 기린과숲

등록번호 | 128-94-16449
주소 | 경기도 고양시 덕양구 화중로 126 205호
이메일 | kirin2013@naver.com
블로그 | https://blog.naver.com/kirin2013
인스타그램 | @kirinsoop

ISBN 979-11-87178-25-5 (03810)

*이 책은 경기도, 경기문화재단의 지원을 받아 발간되었습니다.